U0448455

黑白镜像

——《野草》讲稿

李森 著

商务印书馆

图书在版编目（CIP）数据

黑白镜像：《野草》讲稿 / 李森著. — 北京：商务印书馆，2024
ISBN 978 - 7 - 100 - 23526 - 6

Ⅰ.①黑… Ⅱ.①李… Ⅲ.①《野草》- 诗歌研究 Ⅳ.
①I210.97

中国国家版本馆 CIP 数据核字（2024）第055693号

权利保留，侵权必究。

黑 白 镜 像
《野草》讲稿

李 森 著

商 务 印 书 馆 出 版
（北京王府井大街36号 邮政编码100710）
商 务 印 书 馆 发 行
山 东 临 沂 新 华 印 刷 物 流
集 团 有 限 责 任 公 司 印 刷
ISBN 978 - 7 - 100 - 23526 - 6

2024年11月第1版	开本 889×1194 1/32
2024年11月第1次印刷	印张 6¼

定价：58.00元

作者简介

一九六六年十一月生，云南省腾冲市人，西南林业大学艺术与设计学院院长，云南大学中国当代文艺研究所所长，博士生导师，南京大学中国新文学研究中心兼职教授，教育部艺术学理论类专业教学指导委员会委员，云南省中青年学术和技术带头人，语言漂移说艺术哲学理论创始人。在国内外出版学术专著和作品集二十余部，发表论文和作品四百余篇，代表作有长诗《明光河》等。

灵魂的舞蹈：在诗人与学者之间

丁　帆

用诗人的眼光，还是用学者的眼光去阐释鲁迅的小说和散文作品，这是中国现代文学史研究方法的一个难题，倘若能够将感性和理性两种截然不同的思维方式融入对作品的阐释之中，或许就会读出另一番天地境界来。正是李森先生的这样的解读方式，让我们随着他的思绪进入了《野草》新的阐释语境之中，获得了一种别样的阅读快感。

我的老师曾华鹏先生是研究《野草》最早的学者之一，他的严谨学风打开了我们进入这个庭院寻觅艺术真理的幽径，当然，受着时代局限性的影响，曾先生不能也不便更深刻地表达出他对《野草》所折射出的现实价值意义的认识。而今天的李森先生却带着一个诗人的浪漫激情和一个学者严谨的学术姿态，重新翻译了《野草》的艺术密码，同时也在重新阐释中纠偏了以往读者在泛读过程中价值观的模糊性和游移性，将人们在阅读中忽略了的细节置于显微镜下进行放大，从而获得一种新鲜的体验，这种重释的意义就在于——让鲁迅的精神以一种新的呈现方式鲜活地进入我们的生活之中，获得不断阐释的艺术功能和思想增值。

在《题辞》的破题中，李森不仅将其作为统领全书的总纲，也把它作为重释《野草》的切入点。我十分激赏他的断语："《题辞》将过去的生命当作死亡，不但死亡，而且'朽腐'，且对死亡和朽腐'有大欢喜'。面对'过去'这种时间性里的'事物'，鲁迅是决裂的态度。他重复两次说：'但我坦然，欣然。我将大笑，我将歌唱。'这里的'过去''死亡''朽腐''大欢喜''大笑''歌唱'都是高度浓缩着隐喻意指的象征词汇，说白了，都是凝聚为概念和观念表达的词汇。鲁迅的才能在于，他能把'大笑''欢喜''歌唱'这些词汇的温度调到冰冷的程度。"说实话，我们过去读《野草》把所有的注意力都集中在它的象征意义上了，在发掘语词背后的思想隐喻中狂欢，在与时代背景的勾连中寻觅语流的宏旨。而李森却从中读出了另一种"背反"的诗意和思想的矛盾，究其缘由，是诗人兼学者的感性直觉体悟与理性分析两种思维结合的逻辑产物诞生了新的阅读方式，我很欣赏这样的解读方式为阐释经典的旧文本所提供的新的阅读快感，它让我们看到了另一种解读方法的无穷魅力。也就是说，李森的重释是在普遍的象征意义阐释的基础上，又向前推进了一步，这从他的逻辑理念的表述中已经说得十分透彻了:"这里主要讲《野草》。就理论观看的视点而言,《题辞》是进入《野草》的一扇方便之门。这扇方便之门洞开在多对'背反概念'之间。从头至尾数下来,它们是:沉默与开口;充实与空虚;死亡与存活;静穆与大笑(歌唱);明与暗;生与死;过去与未来;友与仇;人与兽;爱者与不爱者。短短几百字的文章,至少出现了这十对'背反概念'。每一对'背反概念',都由负载着外延空荡的大词形成力量对峙而又均衡的'观念包',等待读者在这些'背反概念'相互撞击的'观念包'里填充内涵,赋予其某种语义(意义)。"毋庸置疑,从《野草》抒情的"背反概念"中找到作者在灵魂舞蹈中别样的舞姿,也是李森阅读《野草》灵魂舞蹈有别于其他人的独特舞姿。

无疑,李森对《野草》每一篇的重释,并非是那种冬烘先生式的干巴巴的刻板解读,从文体上来说,他采用的也是散文诗的创作方法,这与《野草》的文体十分匹配,形成了文体的互文效果,而更重要的是,李森的解读充满着诗人的激情和学者解析的深刻,能够将这二者融为一体,且能使读者在充分享受思想自由的狂欢会意中,读出诗的意蕴和语言冲击的魅力。如果我说这部书里的每一篇分析文章都是珠玑,也许有点言过其实,然而,我敢断言,这部《野草》的解析将会成为一种具有教科书意义的范文,用它作为中学和大学语文鲁迅作品入门级的教材,是大有裨益的。

我们从开篇的《秋夜》就读出了别样的解析,这篇作为大中语文范文的作品,在李森的笔下成为诗意和思想释放的灵魂舞蹈。

> 《秋夜》这篇散文诗有种黑白木刻的效果,各种黑白线条、块面、棱角,经过他的刻刀之后印在一块平面上,形成一种富有张力的黑白效果——月亮也窘得发白。与此同时,也生成了昼-夜、明-暗、梦-醒等隐喻。这种"背反概念"的隐喻形成了一个整体的隐喻闭环,形成宏大的整体性起降和前移的推力。
>
> 《秋夜》的写作技艺不够成熟的地方,是那种青春期式的拟人和象征修辞法的表现。有两处证实。一处是那种"细小的粉红花"的"做梦";另一处是许多乱撞窗玻璃而后被烧死的"英雄"。
>
> ······
>
> 鲁迅将粉红花与梦直接对接,梦,在文学中,已经通过所谓诗意的积淀,成为一个概念,这显然是一种小浪漫主义的青春期拟人,其修辞显得幼稚、装佯,其表现非常概念

化，虽有人的真诚，但无艺术的真诚。这一段加在整篇文字中，只是为了描写"后园"，其描写也是失败的。

又说结尾的"英雄"象征。鲁迅是很会写结尾的，一位大作家的作品，不但要会写开头，还要会写结尾。起笔和收笔都要好，但头不能太重，尾巴又不能太翘。

《秋夜》的开头写得真好，研究者和读者都一直在叫好。"在我的后园，可以看见墙外有两株树，一株是枣树，还有一株也是枣树。""后园""墙外""两株树"，把两株枣树分开来说，不因语言而粘连在一起。这是一种客观、直观的描述，与粉红花做梦的修辞方法不是同一种诗-蕴生成系统。这两株各自孤立、自然而在的枣树的呈现，比粉红花做梦的写法更高明。

《秋夜》的结尾："我打一个呵欠，点起一支纸烟，喷出烟来，对着灯默默地敬奠这些苍翠精致的英雄们。"这里所谓的英雄们，即那些撞窗而入又撞灯罩的小飞虫。小飞虫太小，有点擦边而过的小小隐喻，但没有隐喻的包浆，直接来个大词"英雄"作为象征，说白了"尾巴"翘得太高，点题点得太猛。鲁迅文学最后点题的这种写法，对当今初等教育中的作文教学是个负面影响，中小学生的作文，尤其是考试作文，是必须要点题的。之于鲁迅，比如《狂人日记》的

"救救孩子",《阿Q正传》最后那只狼的眼睛,那些狼的眼睛,也明显是点了题的,还有"投枪"之类,就不赘述了。

我之所以要大段地引述这篇短文,就是想说明作者这样的文体与文本分析易于为读者所接受,我本人是激赏这样的分析方法的,因为阅读不再是简单的内容解读,它的感染力更来自阐释者生动形象的诗意表达,而且是一种独特思想的自然流淌。

即便是在对晦涩艰深的《影的告别》的解读中,作者也是用他对《野草》的独特视角来印证自己的分析逻辑:"当然,鲁迅也是矛盾的。'黑暗与虚无'这种灵魂的二维观照本身就是个巨大的矛盾。'黑暗'犹如语言的风团凝聚,而'虚无'是破碎、消散或化空,朝着两个方向运动的力将鲁迅撕裂。"由此,我们看到了李森所提倡的那种具有"复调"意味的思想舞蹈之韵味。

李森是一个充满着激情的诗人,也是我的同道和江湖朋友,他的这本《野草》解读的讲稿深深感动了我,我便一口气写下了这篇小文。

是为序。

2022年5月8日9时整写于南大和园

目 录

破门:"背反概念"的二元逻辑夹缝	1
"背反概念"的写作模式	8
题　辞	15
笑的隐喻与点题游戏	17
秋　夜	21
概念化的孤魂野鬼	24
影的告别	27
布施与求乞	29
求乞者	32
搅浑"鸡汤文学"	34
我的失恋	
——拟古的新打油诗	40
杀戮与无聊	42
复　仇	46
四面敌意或遍地黑暗	48
复仇(其二)	53

绝望之为希望	55
希 望	59
死掉的雨	61
雪	64
为说"宽恕"赋大词	66
风 筝	69
悲愤无效的可怜	72
好的故事	76
向坟而去	78
过 客	86
"死"与"火"的两极反转	94
死 火	99
当狗挽留人时	102
狗的驳诘	105
人的成功与鬼的不幸	106
失掉的好地狱	110
象征的语词组团	112
墓碣文	120
铅上的胭脂	121
颓败线的颤动	128

非黑即白了无趣	*131*
立　论	*137*
死在路上	*138*
死　后	*147*
竹篮打水一场空	*152*
这样的战士	*171*
"抚摸"有点受用	*173*
聪明人和傻子和奴才	*179*
病叶的幻影	*182*
腊　叶	*186*
苟活者言	*187*
淡淡的血痕中	
——记念几个死者和生者和未生者	*192*
沉钟入海恨未了	*194*
一　觉	*200*

破门:"背反概念"的二元逻辑夹缝

今天再来讨论鲁迅,还有没有话可说?我想,肯定是有的,否则鲁迅就不是鲁迅了。伟大的作品是直观而恒常的,譬之美玉,不因看的人多、说的人多而失色。每次"看",都是"看"的出发点。审美观看在任何时刻、任何人的观看视野之中。有关鲁迅及其作品的伟大,人们已经说得够多。手边随便翻开近日在读的书,即可看到对鲁迅文学创作中肯的评价。

曹聚仁先生说:"我们仔细对比,鲁迅的思想、性格,正有着叔本华的影子。鲁迅接受尼采学说,也正是接受叔本华与佛家的悲观哲学,那是不待言的。"[1]

李泽厚先生说:"鲁迅是伟大的文学家,他以文学方式包括小说、散文和杂文,向各种陈旧传统作韧性的启蒙战斗,但同时又超越了启蒙。"[2]

---

[1] 曹聚仁:《鲁迅评传》,生活·读书·新知三联书店,2011年,第46页。
[2] 刘再复:《鲁迅传》,人民日报出版社,2010年,第201—202页。

刘再复先生说："鲁迅绝望，又反抗绝望；厌烦，又反抗厌烦；他走入精神深处，又不忘生命个体应负的历史责任。他是那个时代中华民族大苦闷的总象征。"[1]

丁帆先生说："毫无疑问，仅仅将鲁迅先生的《狂人日记》作为新文学白话文的开端，以此来证明这个带有模仿痕迹的作品具有现代性，显然是远远不够的，它和晚清以降的讽刺小说的根本区别就在于：同样是揭露黑暗，前者只是停滞在形而下的描写复制生活而已；后者则是注入了形而上的哲思。鲁迅小说的功绩就在于把小说的表达转换成为一种具有现代意识的新表现形式。窃以为，鲁迅的伟大，并不是局限于他用生动的白话语言创造出新的现代文体，这一点其实在'鸳蝴派'的通俗小说中已经做得炉火纯青了；鲁迅先生的贡献则是在思想层面的……"[2]这里讲的"现代性""形而上的哲思""现代意识的新表现形式"，应该主要指探讨"革命""启蒙""进步""现代"这些重大概念的范畴，以及它们之间的复杂关系。

丁帆先生将"五四"大体分为"革命的五四"和"启蒙的五四"两维大观，认为"文学革命"的命被"革命文学"所革。他

---

[1] 刘再复：《鲁迅传》，人民日报出版社，2010年，第204页。
[2] 丁帆：《从"五四"再出发》，南京大学出版社，2020年，第77页。

在《也谈"五四新文化运动"与"五四文学"的关系》一文中说:"我默默揣度,或许'革命文学'是革了'文学革命'的命了罢,换言之,就'革命'革了'启蒙'的命。"[1]

丁帆先生说:"我一直认为'五四新文化运动'的'启蒙'被不断的'革命'所打断、所困扰,最后走向溃败,其重要的原因就是知识分子在没有完成'自我启蒙'的境况下就匆匆披挂上阵,试图自上而下地引导大众,在没有大量生力军(教育,尤其是高等教育基础和资源十分匮乏)作为'启蒙运动'的补给线的情况下,在'自我启蒙'意识尚十分淡漠的文化语境中,'启蒙运动'自然就变成了一场滑稽戏和闹剧。如今,高等教育已然普及,但是高等教育中的人文教育却是滑坡的,大学里行走着满园的'人文植物人',你让'启蒙的五四'如何反思,你让蔡元培指望的新文化青年队伍情何以堪。"[2]

事实上,关于"五四"精神的"革命与救亡"也好,"革命与启蒙"也好,鲁迅与胡适也好,进步与保守也罢,自由改良与革命翻盘也罢,都是在所谓"现代性"内涵框架中包裹着的,这其中,多数属于现代进步论与普世论,以及现代民族国家爱国论

---

[1] 丁帆:《从"五四"再出发》,南京大学出版社,2020年,第61页。
[2] 丁帆:《从"五四"再出发》,南京大学出版社,2020年,第53页。

的内涵范畴。

十几年来，丁帆先生一直倡导知识分子的"二次启蒙"，这个"二次启蒙"的内涵应该是一种具有更新、更丰富内涵的启蒙，也应该是一种超越了"革命与启蒙"逻辑闭环的启蒙。

四位先生，曹聚仁从刘半农评价鲁迅的"托尼学说，魏晋文章"讲起，探讨鲁迅文学性格和诗学思想的来源；李泽厚讲鲁迅"提倡启蒙，又超越启蒙"；刘再复讲鲁迅的绝望、厌烦、苦闷及其人物民族性格的象征；丁帆讲鲁迅文学与传统文学划界的"现代性"表现、思想贡献，以及"他陷入了对'革命'迷狂的矛盾之中"，而掷出"匕首和投枪"，而"两间余一卒，荷戟独彷徨"。

人们已经看到，自《呐喊》而《野草》而杂文"投枪"，鲁迅将锋利的现代性概念和观念渗入小说和散文创作，以为诗-蕴（诗意、诗义）生成的动力因，开创了中国现代汉语文学的诗-蕴生成和文学理论、文学批评的广阔通途，其批判性和建构性，其得与失，均发人深省。

无疑，现代性的语义和意义内涵是极为丰富的。或者说，它有无数个面孔，有各种不同的理解，有公共性话语系统的理解，有个人灵魂自我断想式、生发式的理解。

美国学者马泰·卡林内斯库（Matei Călinescu）将现代性阐述为五副面孔（现代主义、先锋派、颓废、媚俗艺术、后现代主

图1　鲁迅《野草》初版封面，1927年

义），事实上，现代性的面孔远远不止这些，也不仅仅表现在艺术创作领域。从启蒙运动，到英德浪漫主义，再到各种复杂的政治、经济、文化、艺术运动，它不仅有西方的主流，而且有各民族历史文化革命、演进背景中的变种——比如新文化运动。但不管面孔怎么多，它首先是一个时间概念，一个有关新与旧、过去与现在的时间概念，它以截流而观的时间倾注、迷恋着时代精神之思，叛逆、革新着审美之思——波德莱尔的法语象征主义，鲁文·达里奥的西班牙语现代主义，均着眼于传统与现代的一种时间诗学，力图以主观臆想与创作实践推动文学革命的"进步"。

就文艺而言，所谓现代性，也是一些在时代变迁中不断创造并滚动生成的文艺概念和观念系统，一些来自启蒙运动，而又经过西方浪漫主义、现实主义，接着蕴成现代主义的概念和观念系统，这些复杂的系统自然伴随着各种创作方法的生成与扩展，比如象征主义、意识流、存在主义、荒诞派等的坐实而蔚为大观，这其中，也包括批判现实主义等直接嫁接现代性社会文化概念和观念而构建的系统。

因此，文艺现代性的视野，基本可以说是一种通过概念和观念推动的进步论的形态，有种文艺自身内部的"进步"并扩展为外在"革命"的性质。文艺进步论的逻辑基调是：过去的不好－现在的好；历史的守旧－现代的创新；传统的过时－现在的现代；等等。这种概念或观念的二元结构逻辑的偏执，可以说是一种"背反概念"或者说是"背反观念"的思想运动，化入具体的文学观念和创作方法之中，形成了强调概念和观念干预文学诗－蕴观照与思想呈现的宏大体系，呈现为"背反概念"的思维逻辑，比如光明与黑暗、真实与荒诞、存在与虚无、吃人与被吃、善与恶、罪与罚、愚昧与启蒙、死亡与新生、无助与解救等概念内涵范畴，比如从果戈里的《狂人日记》到鲁迅的《狂人日记》中"救救孩子"的无助申诉，比如贝克特的《等待戈多》的"等待"之荒诞象征等等。自从历史进入一个叫"现代性"的时间维度之中，自然、人类社会和艺术创作，都被各种整体性理论或分支性理论全面审视了，至少也被各种理论碎片纷纷击中，且都找出了说法。负载着概念和观念的语言（广义和狭义的符码），自然成了"现代性"这个人类自己制造的庞大机器的组成部件。其实，人也成了所谓现代性的组成部件，个人被"现代性"捕获并肢解了。

现代性时代，大学和学术机构世俗化、专业化时代，可以说是理论和实践（艺术理论和艺术创作）并行的时代，也是概念人、观念人被塑造成功的时代。概念输送观念强制性渗透，是现代性时代的特征。当个人成了概念化或观念化的人之后，文学艺术"穷途末路"处的那个世道逐渐显明。

"背反概念"的写作模式

鲁迅的散文诗集《野草》凡二十三篇,写于1924年至1926年间,均发表于同仁刊物《语丝》周刊。1927年结集由北京北新书局初版时,鲁迅写作《题辞》一篇,故《野草》集共有二十四篇。尽管鲁迅的杂文很伟大,更具有"代言人"式的公共性,但从艺术的角度看,公认文学价值最高的是《呐喊》《彷徨》两部小说集与《野草》《朝花夕拾》两部散文集。这四部书里的作品奠定了鲁迅不朽的文学地位,弹拨出了振聋发聩的鲁迅的声音。

这里主要讲《野草》。就理论观看的视点而言,《题辞》是进入《野草》的一扇方便之门。这扇方便之门洞开在多对"背反概念"之间。从头至尾数下来,它们是:沉默与开口;充实与空虚;死亡与存活;静穆与大笑(歌唱);明与暗;生与死;过去与未来;友与仇;人与兽;爱者与不爱者。短短几百字的文章,至少出现了这十对"背反概念"。每一对"背反概念",都由负载着外延空荡的大词形成力量对峙而又均衡的"观念包",等待读者在这些"背反概念"相互撞击的"观念包"里填充内涵,赋予其某种语义（意义）。

　　人们自可根据自己的理解去"填充"内涵，但门是鲁迅开的，路是鲁迅修的，景观是鲁迅设计的，人们大体也只能跟着鲁迅走。鲁迅的语言概括能力，即蕴成概念和观念的能力，是惊人的，既可冷静地高强度凝聚，又可平淡戏谑地自在舒张，这当然是奇崛的天赋才能。他的方便之门一旦洞开，概念和观念一旦凝聚生成，即有巨大的吸附力。因为它刚好洞开在时代集体灵魂的风口上，形成现代汉语语言表达系统生成的一个重要通道。

　　从这些结构成文章思想骨架的"背反概念"可以看到，《野草》的思想入门方式，是一种源于古希腊而展开于西方现代性思维结构的渗入方式，也是观念生成的隐喻方式。巴门尼德说，"万物被赋予光明与黑暗之名"，"存在着两个相互缠绕着的圆环，一个由稀薄组成，一个由稠密制造；在光明和黑暗之间还有光明混合着黑暗"。[1]

　　美国学者凯·埃·吉尔伯特和德国学者赫·库恩联合写的《美学史》在《文艺复兴提供了什么新东西？》一节中指出："有些人戏剧性地看待历史，在历史中，仅仅看到明亮的光和深暗的影子。在他们看来，文艺复兴是审美意识中的人性（曾为禁欲主

---

[1] 苗力田主编：《古希腊哲学》，中国人民大学出版社，1990年，第98页。

义的中世纪所遏制）壮丽恢复的时代。对他们来说，处在'黑暗时代'开端的圣·奥古斯丁，是'中世纪的典型代表'，相反，'第一位现代人'——彼得拉克，则是光明时代的一位先驱者。"[1] 彼得拉克首次将中世纪称为"黑暗时代"，"黑暗"的这一象征一直沿用至今。

巴门尼德的"光明与黑暗"，是对宇宙生成即存在的猜想、想象，而从文艺复兴开始，现代性"背反概念"中的"光明与黑暗"，已经引申为善－恶、美－丑的隐喻或象征。

以鲁迅为代表的中国现代作家的"背反概念"思维及其写作方式，比之过往，汉语文学传统的诗人作家是不会这么写的，刘勰不会这么写，诗话、词话批评家也不会这么写。中国传统文学里不乏社会批判的杰作，但是，其批判思维、批评概念和观念的渗入方式，是包括人物在内的万事万物和诗－蕴创造的自在自显的方式——一种道法自然的写作。它是一种"以诗证诗"的"旨义"，而非以概念和观念证诗的旨义。说得哲学一点，也就是说，它不以"超自然思考"为法，而以"自然"（自然而然）为法。比如《诗经·国风·魏风·硕鼠》的"刺重敛"（《毛诗序》），

---

[1] 〔美〕吉尔伯特、〔德〕库恩：《美学史》，夏乾丰译，上海译文出版社，1989年，第212页。

只"刺"到"硕鼠"为止；比如白居易新乐府诗之《卖炭翁》的"苦宫市"(诗名题注)，也只"苦"那"卖炭翁"；又比如《红楼梦》的"字字看来皆是血"，这"血"何曾染红那块"石头"(脂砚斋评红楼旨义诗曰：浮生着甚苦奔忙，盛席华筵终散场。悲喜千般同幻渺，古今一梦尽荒唐。谩言红袖啼痕重，更有情痴抱恨长。字字看来皆是血，十年辛苦不寻常)。理解以"现代性"作为开端的现代汉语文学书写方式这一点，对理解百年汉语文学的诗-蕴生成和审美法则十分关键。如果从思想方面去看，所谓一个时代的文学，必然有其隐喻系统，至少有某种作家们共有的互文性观照的特质，理论家们耕耘的广袤天地庶几亦于此展开。

《题辞》将过去的生命当作死亡，不但死亡，而且"朽腐"，且对死亡和朽腐"有大欢喜"。面对"过去"这种时间性里的"事物"，鲁迅是决裂的态度。他重复两次说："但我坦然，欣然。我将大笑，我将歌唱。"这里的"过去""死亡""朽腐""大欢喜""大笑""歌唱"都是高度浓缩着隐喻意指的象征词汇，说白了，都是凝聚为概念和观念表达的词汇。鲁迅的才能在于，他能把"大笑""欢喜""歌唱"这些词汇的温度调到冰冷的程度。

就鲁迅文学创作的概念性渗入这一点而言，王朔的看法与本人略同："鲁迅写小说有时是非常概念的，这在他那部备受推崇的《阿Q正传》中尤为明显。小时候我也觉得那是好文章，写绝

图2　鲁迅为《阿Q正传》英译本所摄，1925年

了，活画出中国人的欠揍性，视其为揭露中国人国民性的扛鼎之作，凭这一篇就把所有忧国忧民的中国作家甩得远远的，就配去得诺贝尔奖。这个印象在很长时间内抵消了我对他其他作品的怀疑，直到有一次看严顺开演的同名电影，给我腻着了。严顺开按

说是好演员，演别的都好，偏这阿Q怎么这么讨厌，主要是假，没走人物，走的是观念，总觉得是在宣传什么否定什么昭示什么。在严顺开身上我没有看到阿Q这个人，而是看到高高踞于云端的编导们。回去重读原作，发现原来问题出在小说那里，鲁迅是当杂文写的这个小说，意在针砭时弊，讥讽他那时代一帮装孙子的主儿，什么'精神胜利法'、'不许革命'、'假洋鬼子'，这都是现成的概念，中国社会司空见惯的丑陋现象，谁也看得到，很直接就化在阿Q身上了，形成了这么一个典型人物，跟马三立那个'马大哈'的相声起点差不多。当然，他这一信手一拈也是大师风范，为一般俗辈所不及，可说是时代的巨眼那一刻长在他脸上，但我还是得说，这个阿Q是概念的产物。"[1]

《野草》的文章与以《狂人日记》《阿Q正传》为代表的一个类型的写作是一脉相承的（当然，《孔乙己》《社戏》《祝福》《从百草园到三味书屋》等是不一样的）。《野草》中的文章，概念性渗透也有强弱之分。本人分篇讨论《野草》的一种新文学革命背景下的、特殊的历史语境中的现代性文学话语构成系统。在此之前必须指出的是，鲁迅文中的爱－恨－情－仇、光明－黑暗、美－丑、是－非式的"背反概念"，或者说是"背反观念"，抑或"背

---

[1] 王朔：《知道分子》，北京十月文艺出版社，2015年，第62—63页。

反逻辑"，就是他本能性的灵魂结构自身，这个灵魂结构凝聚着强大的生命能量，仿佛旋转着一种尼采式思想的永劫回环运动，而不属于有些新文学诗人、作家利用上述现代性"背反概念"搞"内容"、搞"意义"、讲道理的那种粗浅的写作。

但是，也必须指出，以鲁迅为源头、为代表的"背反概念"写作模式，为现代汉语文学浅薄、冰冷的那种二元观念生成模式埋下了"祸根"，使现代汉语文学形成了一种"利用语言"制造概念、观念的集体性审美思维结构和习性，这种集体性审美灵魂创作和批评机制的逐渐形成过程，无疑是对伟大的汉语文学传统背离、截断的过程。简言之，"背反概念"写作，是科学主义、逻各斯中心主义的逻辑思维结构的写作，是一种简单化的概念、观念判断的写作，而非诗-蕴自然生发的写作。窃以为，《野草》中多数篇章的"背反概念"写作思维对现代汉语文学的"影响"，无论如何批评和反省都不过分。至于鲁迅个人的文学天才和伟大人格，那是另外两个范畴的事情。

题　辞

　　当我沉默着的时候，我觉得充实；我将开口，同时感到空虚。

　　过去的生命已经死亡。我对于这死亡有大欢喜，因为我借此知道它曾经存活。死亡的生命已经朽腐。我对于这朽腐有大欢喜，因为我借此知道它还非空虚。

　　生命的泥委弃在地面上，不生乔木，只生野草，这是我的罪过。

　　野草，根本不深，花叶不美，然而吸取露，吸取水，吸取陈死人的血和肉，各各夺取它的生存。当生存时，还是将遭践踏，将遭删刈，直至于死亡而朽腐。

　　但我坦然，欣然。我将大笑，我将歌唱。

　　我自爱我的野草，但我憎恶这以野草作装饰的地面。

　　地火在地下运行，奔突；熔岩一旦喷出，将烧尽一切野草，以及乔木，于是并且无可朽腐。

　　但我坦然，欣然。我将大笑，我将歌唱。

　　天地有如此静穆，我不能大笑而且歌唱。天地即不如此静穆，我或者也将不能。我以这一丛野草，在明与暗，生与死，过去与未来之际，献于友与仇，人与兽，爱者与不爱者之前作证。

为我自己,为友与仇,人与兽,爱者与不爱者,我希望这野草的死亡与朽腐,火速到来。要不然,我先就未曾生存,这实在比死亡与朽腐更其不幸。

去罢,野草,连着我的题辞!

一九二七年四月二十六日,鲁迅记于广州之白云楼上。

笑的隐喻与点题游戏

《秋夜》是《野草》的第一篇。写于1924年9月15日,初发于1924年12月1日《语丝》周刊第三期。

这篇散文诗的成功之处,在于从鲁迅风格的语言生发而出的生命气息的充盈和饱满,这种气息营造了一个逐渐暗淡的、冷凉孤寂的空间,一种"奇怪而高"的有"鬼睒眼"的天空之下的秋夜,一个逾越墙里墙外的灰暗的秋夜。这个秋夜,当然是鲁迅的秋夜,是他的语言和灵魂共同建构的。

这奇怪而高的天空不仅有鬼睒眼,而且"口角上现出微笑",一种鲁迅式大悲的微笑。

这天空显然是一张诡谲的脸,面对着人间,又有点不耐烦地鄙视着人间。

墙外有两株光秃的枣树,夜里有夜游的恶鸟飞过。

还有在夜气中瑟缩地做梦的小红花。当然,文中的色彩,不仅是做梦的小红花,还有画在雪白的灯罩上的猩红的栀子,以及向日葵子似的撞击灯火的小青虫。

自然，鲁迅对各种事物的描写，都充满隐喻，种种边看边生发的隐喻形成一幅孤冷的画图。奇怪而高的天空，铁似的刺着这天空的枣树和后窗，是构图的主要元素。

　　如果要寻找这个秋夜、这幅画图的重心和文眼，那就是从文章布局的中间，好比一个人的肺腑中突然发出来的"夜半的笑声"。这笑声与恶鸟的声音形成张力，使人感到发笑者人鬼莫辨，听者不寒而栗。

　　那一段文字是这么写的："我忽而听到夜半的笑声，吃吃地，似乎不愿意惊动睡着的人，然而四围的空气都应和着笑。夜半，没有别的人，我即刻听出这声音就在我嘴里，我也即刻被这笑声所驱逐，回进自己的房。灯火的带子也即刻被我旋高了。"

　　发现夜半一种"狂鬼"（而非狂人）的笑声原来是从自己嘴里笑出来的，何其可怕，而更可怕的却是，这笑声把自己驱逐，自己在驱逐自己。

　　这种写作才能当然非比寻常。要说写"笑"，微笑，大笑，冷笑，各种笑的隐喻，百年文学中，没有谁超越鲁迅。

　　《秋夜》这篇散文诗有种黑白木刻的效果，各种黑白线条、块面、棱角，经过他的刻刀之后印在一块平面上，形成一种富有张力的黑白效果——月亮也窘得发白。与此同时，也生成了昼-夜、明-暗、梦-醒等隐喻。这种"背反概念"的隐喻形成了一个整体的隐喻闭环，形成宏大的整体性起降和前移的推力。

《秋夜》的写作技艺不够成熟的地方，是那种青春期式的拟人和象征修辞法的表现。有两处证实。一处是那种"细小的粉红花"的"做梦"；另一处是许多乱撞窗玻璃而后被烧死的"英雄"。

先说小红花做梦。鲁迅写道："我记得有一种开过极细小的粉红花，现在还开着，但是更极细小了，她在冷的夜气中，瑟缩地做梦，梦见春的到来，梦见秋的到来，梦见瘦的诗人将眼泪擦在她最末的花瓣上，告诉她秋虽然来，冬虽然来，而此后接着还是春，胡蝶乱飞，蜜蜂都唱起春词来了。她于是一笑，虽然颜色冻得红惨惨地，仍然瑟缩着。"

图3 鲁迅摄于广州西关，1927年

鲁迅将粉红花与梦直接对接，梦，在文学中，已经通过所谓诗意的积淀，成为一个概念，这显然是一种小浪漫主义的青春期拟人，其修辞显得幼稚、装佯，其表现非常概念化，虽有人的真诚，但无艺术的真诚。这一段加在整篇文字中，只是为了描写

"后园",其描写也是失败的。

又说结尾的"英雄"象征。鲁迅是很会写结尾的,一位大作家的作品,不但要会写开头,还要会写结尾。起笔和收笔都要好,但头不能太重,尾巴又不能太翘。

《秋夜》的开头写得真好,研究者和读者都一直在叫好。"在我的后园,可以看见墙外有两株树,一株是枣树,还有一株也是枣树。""后园""墙外""两株树",把两株枣树分开来说,不因语言而粘连在一起。这是一种客观、直观的描述,与粉红花做梦的修辞方法不是同一种诗-蕴生成系统。这两株各自孤立、自然而在的枣树的呈现,比粉红花做梦的写法更高明。

《秋夜》的结尾:"我打一个呵欠,点起一支纸烟,喷出烟来,对着灯默默地敬奠这些苍翠精致的英雄们。"这里所谓的英雄们,即那些撞窗而入又撞灯罩的小飞虫。小飞虫太小,有点擦边而过的小小隐喻,但没有隐喻的包浆,直接来个大词"英雄"作为象征,说白了"尾巴"翘得太高,点题点得太猛。鲁迅文学最后点题的这种写法,对当今初等教育中的作文教学是个负面影响,中小学生的作文,尤其是考试作文,是必须要点题的。之于鲁迅,比如《狂人日记》的"救救孩子",《阿Q正传》最后那只狼的眼睛,那些狼的眼睛,也明显是点了题的,还有"投枪"之类,就不赘述了。

秋　夜

在我的后园,可以看见墙外有两株树,一株是枣树,还有一株也是枣树。

这上面的夜的天空,奇怪而高,我生平没有见过这样的奇怪而高的天空。他仿佛要离开人间而去,使人们仰面不再看见。然而现在却非常之蓝,闪闪地䀹着几十个星星的眼,冷眼。他的口角上现出微笑,似乎自以为大有深意,而将繁霜洒在我的园里的野花草上。

我不知道那些花草真叫什么名字,人们叫他们什么名字。我记得有一种开过极细小的粉红花,现在还开着,但是更极细小了,她在冷的夜气中,瑟缩地做梦,梦见春的到来,梦见秋的到来,梦见瘦的诗人将眼泪擦在她最末的花瓣上,告诉她秋虽然来,冬虽然来,而此后接着还是春,胡蝶乱飞,蜜蜂都唱起春词来了。她于是一笑,虽然颜色冻得红惨惨地,仍然瑟缩着。

枣树,他们简直落尽了叶子。先前,还有一两个孩子来打他们别人打剩的枣子,现在是一个也不剩了,连叶子也落尽了。他知道小粉红花的梦,秋后要有春;他也知道落叶的梦,春后还是秋。他简直落尽叶子,单剩干子,然而脱了当初满树是果实和叶子时候的弧形,欠伸得很舒服。但是,有几枝还低亚着,护定他从打枣的竿梢所得的皮伤,而最直最长的几枝,却已默默地铁似的直刺着奇怪而高的天空,使天空闪闪地鬼䀹眼;直刺着天空中圆满的月亮,使月亮窘得发白。

鬼䀹眼的天空越加非常之蓝,不安了,仿佛想离去人间,避开枣树,只将月亮剩下。然而月亮也暗暗地躲到东边去了。而一无所有的干子,却仍然默默地铁似的直刺着奇怪而高的天空,一意要制他的死命,不管他各式各样地䀹着许多蛊惑的眼睛。

哇的一声,夜游的恶鸟飞过了。

我忽而听到夜半的笑声,吃吃地,似乎不愿意惊动睡着的人,然而四围的空气都应和着笑。夜半,没有别的人,我即刻听出这声音就在我嘴里,我也即刻被这笑声所驱逐,回进自己的房。灯火的带子也即刻被我旋高了。

后窗的玻璃上丁丁地响,还有许多小飞虫乱撞。不多久,几个进来了,许是从窗纸的破孔进来的。他们一进来,又在玻璃的灯罩上撞得丁丁地响。一个从上面撞进去了,他于是遇到火,而且我以为这火是真的。两三个却休息在灯的纸罩上喘气。那罩是昨晚新换的罩,雪白的纸,折出波浪纹的叠痕,一角还画出一枝猩红色的栀子。

猩红的栀子开花时,枣树又要做小粉红花的梦,青葱地弯成弧形了⋯⋯。我又听到夜半的笑声;我赶紧砍断我的心绪,看那老在白纸罩上的小青虫,头大尾小,向日葵子似的,只有半粒小麦那么大,遍身的颜色苍翠得可爱,可怜。

　　我打一个呵欠,点起一支纸烟,喷出烟来,对着灯默默地敬奠这些苍翠精致的英雄们。

一九二四年九月十五日。

概念化的孤魂野鬼

《影的告别》是《野草》的第二篇。写于1924年9月24日,初发于1924年12月8日《语丝》周刊第四期。

这篇《影的告别》是个没有着落的灵魂的梦呓。不过与一般青春式的彩虹梦呓或中老年人断片式的岁月梦呓不同,这是一则有着强烈意识形态判断力的、批判性的梦呓。

这个"影",就是来告别人的那个"我",他在天堂、地狱和人间,都已经"彷徨于无地"了。也就是说,这个影子,这个我,已经是个孤魂野鬼。

这个"影","黑暗"要吞并它,"光明"要使它消失:它受到了"光明"和"黑暗"两个巨大隐喻,即两个"背反概念"的同时摒弃。

不过,鲁迅毕竟是鲁迅。他虽然让黑暗-光明、黑暗-虚无、黑暗-白天这些"背反概念"强力呈现,并展开为推动语词运动的张力,但他在文章中,并没有给这些"背反概念"以具体、明确的意识形态隐喻,他将那种中国新文学读者都心知肚明的隐喻内涵留给读者自己去填充——国人是不假思索就能将黑-白隐喻之类填充进去的——这些读者,也可以说主要是鲁迅创造的读者,而他自己,则是上天入地、出黑入白、梦里梦外都不见容的。

就这篇而言,鲁迅才华的高妙,即在于让隐喻自身漂移,而无可适从,无地见容。在漂移过程中,隐喻自身就已经完成了诗-蕴的生成,而无须其他。尽管,文中隐喻的漂移,仍然是"背反概念"的漂移,那种无助的灵魂被赋予了的、与时代话语体系相绑缚的语义之重。

鲁迅1925年3月18日写给许广平的信中说:"我的作品,太黑暗了,因为我常觉得惟'黑暗与虚无'乃是'实有',却偏要向这些作绝望的抗战,所以很多着偏激的声音。其实这或者是年龄和经历的关系,也许未必一定的确的,因为我终于不能证实:惟黑暗与虚无乃是实有。"(《两地书·四》)

鲁迅的"黑暗与虚无"这类"实有",是有关"存在"的诗-蕴生成概念,自然不需要证实。可是,这等诗-缊生成的"背反概念包"控制文章语义系统的创作方法,在西方,至少从文艺复兴时彼得拉克凝聚的"黑暗"概念开始,经过法国大革命的固化,而升华为一种特殊现代性的概念,一种通过概念观看时代的社会视觉和文学视觉。以这种视觉看文学艺术,想象力当然是概念化了的。想象力的概念化，或许是爱智的成功，却是诗的失败。

推而广之，新文学百年那种被概念化的阅读经验和想象力，那种非此即彼的、缺乏原初经验和中间地带的创作和阅读方法，是鲁迅和他同时代的作家们"拿来"并做实了的。

这里不能不指出，以这种"背反概念"为诗－蕴生成框架的文学，已经冲出了文学作为语言艺术的界限，成为社会科学的附庸。从此，以鲁迅为代表的现代作家，成为研究者、阅读者用来"讲道理"的学科知识，或"文学病理学"的解剖对象。

当然，鲁迅也是矛盾的。"黑暗与虚无"这种灵魂的二维观照本身就是个巨大的矛盾。"黑暗"犹如语言的风团凝聚，而"虚无"是破碎、消散或化空，朝着两个方向运动的力将鲁迅撕裂。

影的告别

人睡到不知道时候的时候，就会有影来告别，说出那些话——

有我所不乐意的在天堂里，我不愿去；有我所不乐意的在地狱里，我不愿去；有我所不乐意的在你们将来的黄金世界里，我不愿去。
然而你就是我所不乐意的。
朋友，我不想跟随你了，我不愿住。
我不愿意！
呜乎呜乎，我不愿意，我不如彷徨于无地。

我不过一个影，要别你而沉没在黑暗里了。然而黑暗又会吞并我，然而光明又会使我消失。
然而我不愿彷徨于明暗之间，我不如在黑暗里沉没。

然而我终于彷徨于明暗之间，我不知道是黄昏还是黎明。我姑且举灰黑的手装作喝干一杯酒，我将在不知道时候的时候独自远行。

呜乎呜乎,倘若黄昏,黑夜自然会来沉没我,否则我要被白天消失,如果现是黎明。

朋友,时候近了。

我将向黑暗里彷徨于无地。

你还想我的赠品。我能献你甚么呢?无已,则仍是黑暗和虚空而已。但是,我愿意只是黑暗,或者会消失于你的白天;我愿意只是虚空,决不占你的心地。

我愿意这样,朋友——

我独自远行,不但没有你,并且再没有别的影在黑暗里。只有我被黑暗沉没,那世界全属于我自己。

一九二四年九月二十四日。

布施与求乞

《求乞者》是《野草》的第三篇。写于1924年9月24日,初发于1924年12月8日《语丝》周刊第四期。

《求乞者》写的就是鲁迅自己。杰出的作家都在写自己。同时,自己也被作品创作。

大作家,自己就是作品的意志。他从来不利用作品。

"我顺着剥落的高墙走路,踏着松的灰土。另外有几个人,各自走路。微风起来,露在墙头的高树的枝条带着还未干枯的叶子在我头上摇动。"这是第一段。

"微风起来,四面都是灰土。"这是第二段。

"我走路。另外有几个人各自走路。微风起来,四面都是灰土。"这是第五段。

"我顺着倒败的泥墙走路,断砖叠在墙缺口,墙里面没有什么。微风起来,送秋寒穿透我的夹衣;四面都是灰土。"这是第九段。

"另外有几个人各自走路。"这是第十一段。

"微风起来，四面都是灰土。另外有几个人各自走路。"这是第十五段。

"灰土，灰土，……"这是第十六段。

"………………"这是第十七段。

"灰土……"这是第十八段。

鲁迅的孤绝，在于他总是一个人走路，穿过自己冰凉萧瑟的灵魂空间，而其他的人也在各自走路。他被自己孤绝的语境层层笼罩着——一团旋转的灰土将他越裹越紧。

还有其他人，也在各自走路。同是走路者，而各自孤立，都走在灰色调向着黑色调流动、凝聚的时空氛围中。或者说，他的时空是有重量的，而且那重量总是漫天下垂着，与灵魂时空形成互喻互换、彼此浸染而融为一体的状态。

鲁迅的性格，就是他的文章的风格。活脱脱一个茕茕孑立者的形象。的确让人不禁会想起叔本华和尼采师徒的性格，孤绝至极，充满着非理性的叛逆精神，然而又在自渡以远，将点点滴滴的温良之善，汇集成瀑布般垂天而下、撞击四围的轰鸣。

在眼前的这则《求乞者》中，有个孩子在向着他这个走路者求乞。而他，则处于布施者之上的位置，对布施者的角色和求乞者都烦腻、疑心、憎恶。

其实，这个求乞的孩子，也是作者本人。鲁迅时常在文中转变自己的角色和位置，可谓一者多面。果然，写着写着，他自己又变成了一个求乞者，他总是会变的，只是都不曾有过出路——一直走着路而没有出路。

"我想着我将用什么方法求乞：发声，用怎样声调？装哑，用怎样手势？……"同时，恰如文中所言，当他转换成一个求乞者向着世人求乞，他也得不到布施，得不到布施心，也受到另外的居于布施之上者的烦腻、疑心、憎恶。布施者和求乞者都无路可走。

于是，他会说，以沉默求乞，得到虚无；且一直被笼罩在四面的灰土中。

这则散文诗几乎将所有的主词或谓词都变成了象征：我、高墙、走路、灰土、孩子、求乞、布施等，有的是直接凝聚为象征，有的是隐喻而凝聚为象征。

这是一则散文诗，是多重复调的奏鸣。"走路的线"和"求乞的线"，都是复调的铺陈或奏鸣。

鲁迅最善用复调写作，有时候是同调反复（同词句），有时候是变调反复（词句略有变动），都用得很老辣、精到，气韵沉郁。复调用得好，能起到铺陈、滚荡的艺术效果。所谓波涛汹涌、泥沙俱下，固然宏伟；然而，波涛滚荡、回环往复，则更有力量。

求乞者

　　我顺着剥落的高墙走路,踏着松的灰土。另外有几个人,各自走路。微风起来,露在墙头的高树的枝条带着还未干枯的叶子在我头上摇动。

　　微风起来,四面都是灰土。

　　一个孩子向我求乞,也穿着夹衣,也不见得悲戚,而拦着磕头,追着哀呼。

　　我厌恶他的声调,态度。我憎恶他并不悲哀,近于儿戏;我烦厌他这追着哀呼。

　　我走路。另外有几个人各自走路。微风起来,四面都是灰土。

　　一个孩子向我求乞,也穿着夹衣,也不见得悲戚,但是哑的,摊开手,装着手势。

　　我就憎恶他这手势。而且,他或者并不哑,这不过是一种求乞的法子。

　　我不布施,我无布施心,我但居布施者之上,给与烦腻,疑心,憎恶。

　　我顺着倒败的泥墙走路,断砖叠在墙缺口,墙里面没有什么。微风起来,送秋寒穿透我的夹衣;四面都是灰土。

我想着我将用什么方法求乞：发声，用怎样声调？装哑，用怎样手势？……

　　另外有几个人各自走路。

　　我将得不到布施，得不到布施心；我将得到自居于布施之上者的烦腻，疑心，憎恶。

　　我将用无所为和沉默求乞……

　　我至少将得到虚无。

　　微风起来，四面都是灰土。另外有几个人各自走路。

　　灰土，灰土，……

　　…………………

　　灰土……

一九二四年九月二十四日。

搅浑"鸡汤文学"

《我的失恋》是《野草》的第四篇。写于1924年10月3日,初发于1924年12月8日《语丝》周刊第四期。

这首诗有个副标题——"拟古的新打油诗",此"拟古"即拟东汉张衡的《四愁诗》。《我的失恋》有四节,每节七句,与《四愁诗》同。《四愁诗》第一句"我所思兮在太山";《我的失恋》第一句"我的所爱在山腰"。这么一"拟"一"打油",有种古今"同笑""共幽默"的感觉。反讽和幽默,穿透古今。

鲁迅是有着审美自觉精神的人,所谓审美自觉,换个说法就是艺术自觉。艺术不会自觉,是自觉者自觉。

富有艺术自觉的人,对所有艺术创作和理论都有反省、自察的能力。这种能力是一种天赋才能,一种顶天立地、能抗拒来自非艺术和伪艺术侵蚀和掩埋的能力。

艺术的自觉,表现为直观、自在、自由的诗-蕴生成。影响可靠而有效的艺术表现的因素很多,但最大的因素有两个:一个是艺术之外的非艺术的因素;另一个是艺术之内的、被认为是艺术的伪艺术因素。前者，比如概念、观念、逻辑语言、杂乱的材料、价值观系统等非艺术语言之类；后者，则是被认为是富有诗意的、艺术性的各种艺术教条、艺术成规所框定的语言表演，比如大呼小叫、捶胸顿足式的文学表演，或心灵鸡汤式的小浪漫主义伪抒情作品等。

汉语新文学自发端始，就有这两个传统：非艺术因素干预艺术的传统；"鸡汤文学"和"高汤文学"传统。由于这些"文学地盘"被所谓学术权力和"伙食军团"所控制，这里就不举例说明，只抛出几个"隐喻包"让聪明的读者去自行打开。老到的读者是不需要任何密码就可以直接打开的。或许鲁迅最痛恨的学术恶势力已经变成了他的护卫。那个被啃得遍体鳞伤的鲁迅，别人是一句"不恭敬"的话都不能说的。

这首《我的失恋》是一首讽刺诗，讽刺新文学发端时代广泛流行的小浪漫"鸡汤文学"。这"小浪漫"后面是不是可以加个"主义"，我看是可以的。

也可以说，这是一首反省诗意之病、清洗诗意之垢的幽默诗。若用西方人的理论言之，这是一首解构主义的诗。

全诗四节，每节有两个句子，是解构的"法门"。怎么解构？就是在"我的失恋"这口"鸡汤锅"里加入"猛料"，直接将"鸡汤"搅浑：

第一搅加入"猫头鹰":

> 爱人赠我百蝶巾;
> 回她什么:猫头鹰。

第二搅加入"冰糖壶卢":

> 爱人赠我双燕图;
> 回她什么:冰糖壶卢。

第三搅加入"发汗药":

> 爱人赠我金表索;
> 回她什么:发汗药。

第四搅加入"赤练蛇":

> 爱人赠我玫瑰花;
> 回她什么:赤练蛇。

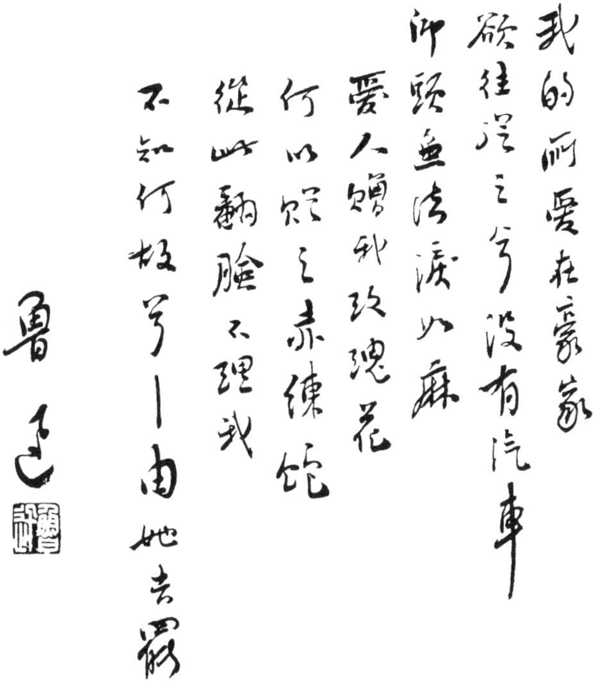

我的所爱在豪家;
欲往从之兮没有汽车,
仰头无法泪如麻。
爱人赠我玫瑰花;
回他什么:赤练蛇。
从此翻脸不理我,
不知何故兮——由她去罢。

图4　鲁迅《我的失恋》第四节手稿，1924年

"搅浑鸡汤"的方法,是阻断诗情生发的路径。百蝶巾－猫头鹰;双燕图－冰糖壶卢;金表索－发汗药;玫瑰花－赤练蛇。这四组事物之间,没有诗－蕴漂移迁流的途径,这个阻断,是形成反讽和幽默张力的关键。不但"搅黄"了诗的抒情,也"搅黄"了诗之达意。一个顽皮的"搅诗棍",让人哭笑不得。

鲁迅是反讽大师。那种抄底的反讽,那种冷峻的幽默,两千多年汉语文学史中无人可匹,百年新文学就不用多说。鲁迅的反讽和幽默,表面看来有点尖酸刻薄,实则既无酸味,也不凉薄。他对自己的才能和文字,有极大的控制力。

他是个"暖而冷"的人,外表冷,而内心热,像个保温壶;不像小浪漫主义的喊叫诗人、哼唧诗人,那是"冷而热""热而酸",灵魂是冷的,要用喊叫的"热"来烘烤,用哼唧的"热"来抚摸。

鲁迅在《〈野草〉英文译本序》中说:"因为讽刺当时盛行的失恋诗,作《我的失恋》。"在《三闲集·我和〈语丝〉的始终》一文中说:"不过是三段打油诗,题作《我的失恋》,是看见当时'阿呀阿唷,我要死了'之类的失恋诗盛行,故意做一首用'由她去罢'收场的东西,开开玩笑的。这诗后来又添了一段,登在《语丝》上。"其实,鲁迅是从来不开玩笑的。他越开玩笑,越显得严肃认真。他的毒辣眼光,他化哭为笑的才具是天生的;他看别人可笑之时，立马反观自己，觉得更可笑。他掷出投枪，连自己也掷了出去。

反讽首先是自我的反讽，幽默也是自我的幽默。如果不是这样自戕式的反讽和幽默，立马会现出尖酸刻薄的做作和制作的原形来的。

有时候，艺术精神是通过"反艺术"来表现的。所谓反艺术，就是反既定诗意，反艺术教条。

不过，像《我的失恋》这样的解构诗的诗，写一两首可也，不能多写。鲁迅聪明绝顶，玩玩就不玩了。在同一个地方傻笑一次，好美；总在同一个地方傻笑，就真的成傻子了。

解构主义是一种方法，用诗来解构诗，也是一种方法，说白了是讲个"诗不是什么"的道理，或者说，就是讲个有关诗或艺术的道理。

道理不宜多讲，多讲无趣，无味，令人心烦。当今之文艺理论界、评论界，"讲道理"之风盛行，包括讲《呐喊》《彷徨》《野草》《朝花夕拾》的道理，如果鲁迅先生在世，看见他曾批判过的"国民"都已经会讲道理了，是会很欣慰的。

我的失恋
——拟古的新打油诗

　　我的所爱在山腰；
想去寻她山太高,
低头无法泪沾袍。
爱人赠我百蝶巾；
回她什么:猫头鹰。
从此翻脸不理我,
不知何故兮使我心惊。

　　我的所爱在闹市；
想去寻她人拥挤,
仰头无法泪沾耳。
爱人赠我双燕图；
回她什么:冰糖壶卢。
从此翻脸不理我,
不知何故兮使我胡涂。

　　我的所爱在河滨；

想去寻她河水深,

歪头无法泪沾襟。

爱人赠我金表索;

回她什么:发汗药。

从此翻脸不理我,

不知何故兮使我神经衰弱。

  我的所爱在豪家;

想去寻她兮没有汽车,

摇头无法泪如麻。

爱人赠我玫瑰花;

回她什么:赤练蛇。

从此翻脸不理我,

不知何故兮——由她去罢。

一九二四年十月三日。

杀戮与无聊

《复仇》是《野草》的第五篇。写于1924年12月20日,初发于1924年12月29日《语丝》周刊第七期。

这篇《复仇》,构思也同样精巧,同样地荒诞。

文章写两个人,一男一女,赤身裸体,捏着利刃,对立于广袤的旷野上。

那些路人,无聊的旁观者,从四面奔来,密密层层地,一如槐蚕爬上墙壁,又如蚂蚁要去扛干鱼头那样奔来。

然后,路人们拼命地伸长颈子,要来"鉴赏"这场拥抱或杀戮。

可那两个人,只是手捏利刃,赤裸对立着,既不拥抱,也不杀戮,至于永久,已将干枯。

"路人们于是乎无聊;觉得有无聊钻进他们的毛孔,觉得有无聊从他们自己的心中由毛孔钻出,爬满旷野,又钻进别人的毛孔中……"

然后,那两位干枯的对立者,又以死人似的眼光,反转去

"鉴赏"这路人们的干枯，这场无血的大戮，而永远沉浸在生命飞扬的大欢喜中。

要说现代，这"复仇"够现代的——因为根本没有复仇，也无所谓复仇不复仇。尽管"复仇"是此文的标题，或许鲁迅是先想到"复仇"这个沉重的概念，才编了这么一则寓言的。此文明显是篇标题作文。

鲁迅在《〈野草〉英文译本序》中说："因为憎恶社会上旁观者之多，作《复仇》第一篇。"在1934年5月16日致郑振铎的信中说："不动笔诚然最好。我在《野草》中，曾记一男一女，持刀对立旷野中，无聊人竞随而往，以为必有事件，慰其无聊，而二人从此毫无动作，以致无聊人仍然无聊，至于老死，题曰《复仇》，亦是此意。但此亦不过愤激之谈，该二人或相爱，或相杀，还是照所欲而行的为是。"

鲁迅自己也没有说清楚这"复仇"概念的具体内涵。"无聊""慰其无聊""无聊人仍然无聊"，持刀对立者和围观者，的确都很"无聊"，但并没有与"复仇"形成逻辑联系。文章既不是对"复仇"概念的稀释，也非引申。或许真是"激愤之谈"，"相爱"或"相杀"，也都没有行动支撑"复仇"这个说法的。

读者是不能超越文本之外去解读文学的。如果能超越文本解读，那就没完没了了。

《复仇》是个现代寓言，荒诞的寓言。它取消了传统寓言"讲道理"的意义指向，直接以一个"中心表象"表达某种荒诞、迷离、超时空的存在。这里所谓的存在，其实是无中生有，有中生无，有无相生而不知所云，不知所之。故事"复仇"的因果都是被取消了的。

就现代艺术而言，一个艺术语言的"中心表象"是不需要有具体、明确的意义指向的。

当然，现代寓言的作者写作时，或许有某种意义的预设；或许有某种概念或观念在脑子里浮想、蕴成，需要"形式包""故事包""表象包"去化解，去表现，以形成某种象征、转义或隐喻的诗-蕴场，将读者引入其中，引君入瓮，亦未可知。

也就是说，有时候，现代寓言的写作，也会凝集、摩擦、消解、驱动某种观念或概念，比如《复仇》中的"无聊"这一观念就被驱动了。这"无聊"是路人们共同的无聊，是个整体性的无聊。又比如文中的"大欢喜"这一概念或观念，它也是一种整体性的"大欢喜"，一种生命的飞扬的极致的假象。

"复仇""无聊""大欢喜"都是大概念，宏观的大词。说到底，鲁迅还是个大词作家，他抟起大词负载的大概念、大观念来，十分得心应手。这是他的天才，也是他的死穴。

而这里要指出的是，不是说使用大词不好，用具体的谓述性、描述性的小词才好。现如今的理论界、批评界、创作界，许多人反对用大词，避开大词的构成套路，说是"宏大叙事"，空洞无物，这当然是有道理的。事实也的确如此。但人们忽略了一点，即所有词，无论大小，都无过错。大词也是可以使用的，只是看如何使用，看它们的"边界"是否清晰，内涵是否经过反省，"质量""重量"是否刚好滋生、显现语言自在漂移的艺术精神。

大作家，是大词和小词都能用得好的。

《复仇》的第一段、第二段，罗列概念性的大词，搞分析，做判断，既想讲知识，又想表达观念，黏糊在一起，多余。两段都写皮肤下的"热血"与"大欢喜"的关系，比喻不当，议论很是牵强，清晰度不高，想讲的太多，却找不到诗－蕴自由生发的语感和质感，是败笔。

复 仇

　　人的皮肤之厚，大概不到半分，鲜红的热血，就循着那后面，在比密密层层地爬在墙壁上的槐蚕更其密的血管里奔流，散出温热。于是各以这温热互相蛊惑，煽动，牵引，拼命地希求偎倚，接吻，拥抱，以得生命的沉酣的大欢喜。

　　但倘若用一柄尖锐的利刃，只一击，穿透这桃红色的，菲薄的皮肤，将见那鲜红的热血激箭似的以所有温热直接灌溉杀戮者；其次，则给以冰冷的呼吸，示以淡白的嘴唇，使之人性茫然，得到生命的飞扬的极致的大欢喜；而其自身，则永远沉浸于生命的飞扬的极致的大欢喜中。

　　这样，所以，有他们俩裸着全身，捏着利刃，对立于广漠的旷野之上。

　　他们俩将要拥抱，将要杀戮……

　　路人们从四面奔来，密密层层地，如槐蚕爬上墙壁，如马蚁要扛鲞头。衣服都漂亮，手倒空的。然而从四面奔来，而且拼命地伸长颈子，要赏鉴这拥抱或杀戮。他们已经豫觉着事后的自己的舌上的汗或血的鲜味。

　　然而他们俩对立着，在广漠的旷野之上，裸着全身，捏着利刃，然而也不拥抱，也不杀戮，而且也不见有拥抱或杀戮之意。

他们俩这样地至于永久，圆活的身体，已将干枯，然而毫不见有拥抱或杀戮之意。

路人们于是乎无聊；觉得有无聊钻进他们的毛孔，觉得有无聊从他们自己的心中由毛孔钻出，爬满旷野，又钻进别人的毛孔中。他们于是觉得喉舌干燥，脖子也乏了；终至于面面相觑，慢慢走散；甚而至于居然觉得干枯到失了生趣。

于是只剩下广漠的旷野，而他们俩在其间裸着全身，捏着利刃，干枯地立着；以死人似的眼光，赏鉴这路人们的干枯，无血的大戮，而永远沉浸于生命的飞扬的极致的大欢喜中。

一九二四年十二月二十日。

四面敌意或遍地黑暗

《复仇（其二）》是《野草》的第六篇。写于1924年12月20日，初发于1924年12月29日《语丝》周刊第七期。

两篇"复仇"都写于同一天，初发于同一期《语丝》。这第二篇"复仇"，写的是耶稣被鞭打、侮辱，又被钉在十字架上的事。想必是鲁迅写了第一篇"复仇"后，意犹未尽，觉得围观者不仅仅群体性的"无聊"，其中还有暴徒和打手，而背后更有驱使者的。

耶稣被钉在十字架上，仍然富有一种神圣的激情，一种大无畏的精神。看耶稣受难的这个视角，不是鲁迅的视角，而是基督教文学欲塑造"神之子"的古典视角，鲁迅从这一视角来写"复仇"，但他改变了这一视觉，他既写"神之子"，也写"人之子"。

鲁迅先将耶稣写成一个认为自己是"神之子"的人，"因为他自以为神之子，以色列的王，所以去钉十字架"，只有自觉为"神之子"，被钉在十字架上才会"玩味"以色列人对他施以酷刑

图5　鲁迅在北京师范大学演讲，1932年

的行为；才会"较永久地悲悯他们的前途"，而又"仇恨他们的现在"；才会有"被钉杀了的欢喜"，并"沉酣于大欢喜和大悲悯中"。

此文中的一个核心背反概念，是"悲悯"和"诅咒"。鲁迅用复调咏叹的方式反复咏叹。"悲悯-诅咒"，仿佛是耶稣同一个视觉的两只眼睛，当他被钉在十字架上，"悬在虚空中"，注视着人间。他受酷刑是痛的，但"可悯的人们呵，使他痛得柔和""可咒诅的人们呵，这使他痛得舒服"。

不过，在鲁迅的笔下，在耶稣生命的最后时刻，上帝还是离弃了他，他自己也在瞬间还原为"人之子"。"然而以色列人连'人之子'都钉杀了。""钉杀了'人之子'的人们的身上，比钉杀了'神之子'的尤其血污，血腥。"

耶稣从"神之子"还原为"人之子"的视觉，在这篇文章中，是从"遍地都黑暗了"开始的。

这篇写得最好、最具体的一段："丁丁地响，钉尖从掌心穿透，他们要钉杀他们的神之子了，可悯的人们呵，使他痛得柔和。丁丁地响，钉尖从脚背穿透，钉碎了一块骨，痛楚也透到心髓中，然而他们自己钉杀着他们的神之子了，可咒诅的人们呵，这使他痛得舒服。""痛得柔和""痛得舒服""被钉杀了的欢喜""沉酣于大欢喜和大悲悯"，疼痛感、恐惧感、绝望感转换为悲悯感、舒适感、欢喜感，两种不同的感受形成转换的张力，富有冷幽默、冷反讽的色彩，恰是鲁迅的文风。鲁迅擅长"语言能量包"碰撞的张力运筹和展开。

这篇文章里用得最好的一个词是"玩味"。"玩味"一词在文中出现三次，是此文最核心的文眼。好似罗马统治者和以色列暴徒钉杀耶稣，就是对耶稣的"复仇"，而耶稣注视着他们，在"玩味"复仇者的复仇，在"玩味"暴行。施暴者在戏弄他，他在玩味施暴者。

这是一种什么样的仇呢？是对"神之子"和"人之子"的双

重仇恨吗？只有人世间的魔鬼才有这般仇恨。这是人性的卑劣引发的仇恨，或许是人这个品种自带的仇恨基因。

耶稣对此复仇持一种"玩味"的心态，当然不是十字架上那位曾经的耶稣的心态，而是鲁迅的心态，是他的文学创作。以对"暴徒"采取"玩味"的心态鄙视暴徒，是鲁迅的风格，这种极度悲怆的冷幽默，自然也表现出了一个文人的软弱。幽默地控诉，本身就是软弱的行为。

此文的主要隐喻是——"四面都是敌意"；"遍地都黑暗了"。

历史上被钉杀在十字架上的耶稣不仅被士兵及暴徒嘲笑和侮辱，而且被与他一起被钉杀的人嘲笑和侮辱，还被围观群众嘲笑和侮辱。在纪元后欧洲的历史进程中，人文学者与艺术家一直引导人们反省这种嘲笑和侮辱。

鲁迅也在反省这种嘲笑和侮辱。这正是鲁迅作为一个作家的伟大之处。

文章那种铺天盖地而来，席卷一切而去的隐喻，是文章给读者心灵造成的强大压力，当然也许是某些读者最受用的地方。说到底，这里的隐喻是仇恨和复仇一体两面的结合。

敌意的另一面是善意，黑暗的另一面是光明。这是驱动仇恨和复仇最基本的"背反隐喻"，庶几贯穿鲁迅的大部分作品。

仇恨和复仇是古今中西文学的主题之一。不过，从一个时代的文学语言普遍运行的修辞层面（隐喻、转喻、象征等）去看，"仇恨背反隐喻"主题成为隐喻洪流的时代文学形态，实属罕见（苏联文学并此）。也就是说，基于"黑暗－光明背反概念"的"仇恨主题"作为汉语现代文学的核心主题之一，是鲁迅及其同时代作家诗人们把语言艺术当"投枪"的文学功劳。同时，也是汉语现代文学从汉语传统文学中割裂开来、背离而去的主要利刃，还是作为某种现代性的法国大革命式革命文学逻辑对汉语现代文学的成功渗透。对于多数学者来说，这种影响是正面的，而我以为是负面的。

复仇（其二）

因为他自以为神之子，以色列的王，所以去钉十字架。

兵丁们给他穿上紫袍，戴上荆冠，庆贺他；又拿一根苇子打他的头，吐他，屈膝拜他；戏弄完了，就给他脱了紫袍，仍穿他自己的衣服。

看哪，他们打他的头，吐他，拜他……

他不肯喝那用没药调和的酒，要分明地玩味以色列人怎样对付他们的神之子，而且较永久地悲悯他们的前途，然而仇恨他们的现在。

四面都是敌意，可悲悯的，可咒诅的。

丁丁地响，钉尖从掌心穿透，他们要钉杀他们的神之子了，可悯的人们呵，使他痛得柔和。丁丁地响，钉尖从脚背穿透，钉碎了一块骨，痛楚也透到心髓中，然而他们自己钉杀着他们的神之子了，可咒诅的人们呵，这使他痛得舒服。

十字架竖起来了；他悬在虚空中。

他没有喝那用没药调和的酒，要分明地玩味以色列人怎样对付他们的神之子，而且较永久地悲悯他们的前途，然而仇恨他们的现在。

路人都辱骂他，祭司长和文士也戏弄他，和他同钉的两个强盗也讥诮他。

看哪,和他同钉的……

四面都是敌意,可悲悯的,可咒诅的。

他在手足的痛楚中,玩味着可悯的人们的钉杀神之子的悲哀和可咒诅的人们要钉杀神之子,而神之子就要被钉杀了的欢喜。突然间,碎骨的大痛楚透到心髓了,他即沉酣于大欢喜和大悲悯中。

他腹部波动了,悲悯和咒诅的痛楚的波。

遍地都黑暗了。

"以罗伊,以罗伊,拉马撒巴各大尼?!"(翻出来,就是:我的上帝,你为甚么离弃我?!)

上帝离弃了他,他终于还是一个"人之子";然而以色列人连"人之子"都钉杀了。

钉杀了"人之子"的人们的身上,比钉杀了"神之子"的尤其血污,血腥。

一九二四年十二月二十日。

绝望之为希望

《希望》是《野草》的第七篇。写于1925年1月1日,初发于1925年1月19日《语丝》周刊第十期。

鲁迅是个绝望的人。《希望》写的也是绝望。他说:"然而我的心很平安:没有爱憎,没有哀乐,也没有颜色和声音。"这颗心的"平安",实际上是失却了"心"的"平安"或"心"已经"死亡"的"平安"。

文中说:"这以前,我的心也曾充满过血腥的歌声:血和铁,火焰和毒,恢复和报仇。而忽而这些都空虚了,但有时故意地填以没奈何的自欺的希望。希望,希望,用这希望的盾,抗拒那空虚中的暗夜的袭来,虽然盾后面也依然是空虚的暗夜。然而就是如此,陆续地耗尽了我的青春。"

在鲁迅的那个时代,许多人的希望,就是那"心也曾充满过血腥的歌声"。而当"血腥"更加血腥,当火焰将人烧毁,那自我安慰的希望的故事,也就讲不下去了,因为青春已经耗尽。事实上,任何时代的所谓希望,都是将青春耗尽的那个魔鬼。

于是，只剩下寂寞和孤绝："没有爱憎，没有哀乐，也没有颜色和声音。"肉体尚且活着，精神已死。

于是，鲁迅引用匈牙利诗人兼革命者的裴多菲·山陀尔（1823—1849？）的《希望》中的诗句来自辱这希望："希望是甚么？是娼妓。"

鲁迅引用裴多菲的这个诗句很高明，那种不着边际的、宏大概念的希望，用在人们的身上，的确可以把人变成娼妓。

于是，他又用裴多菲的话语说："绝望之为虚妄，正与希望相同！"

绝望就是希望，希望就是绝望，这是一种深度自嘲。

鲁迅引用裴多菲的诗句和话语，不仅是自嘲，也冷嘲那"希望"。

裴多菲1848年参加反抗奥地利统治的民族革命战争。1849年，在与协助奥地利的沙俄军队作战中殉国（后来有"没有殉国，而是被沙俄俘虏后流放至西伯利亚"一说），是年26岁。裴多菲用生命演奏了希望，演奏了"血腥的歌声"，是一位英雄。鲁迅其实是以裴多菲自况，但他在语言中演奏过"血腥的歌声"之后，"都虚空了"。

想到裴多菲的死，想到他的诗。鲁迅对"我的心很平安"，"青年们很平安"，似乎负有内疚感与耻辱感。因为，他看见自己正在"偷生",且"还得偷生在不明不暗的这'虚妄'中"。

鲁迅开头就写道:"我大概老了。"又写他的希望是"没奈何的自欺的希望"。其实,这里除了讲自己正在"偷生",或许还暗含着一个意思:偷生者是没有资格谈论"希望"的。

然而,偷生在希望与绝望之间,还是偷生。

自古以来,偷生者众,于是,偷生成了一种集体性的偷生人格。

鲁迅语言风格中,有反复用连词"然而"的习惯。《希望》这篇千字文,使用了8个"然而"。然而然而的,就好比"这个这个"吧。你也不能说鲁迅的语言不简洁,然而删去了然而然而,就不是鲁迅了。

这篇《希望》仍然使用复调的反复吟咏法,抟着一堆语词和一个"气息流"不断延展。鲁迅抟着的语词(有修饰的短语)有"希望的盾""空虚中的暗夜""星""月光""僵坠的胡蝶""笑的渺茫""爱的翔舞"等。这是一种象征性概念的语词滚动。象征是一种修辞方法,但若使用不好,会蒙蔽语言的表达质感。这篇文字中的象征性表达,仍然有不清晰的地方值得商榷,尤其是"希望的盾""笑的渺茫""爱的翔舞"之类,不具体、不直观、很空洞,实在是一种"隔",甚至不知所云。

《希望》整篇文章的诗-蕴生发系统,仍然架构在"希望-绝望"这个巨大的背反概念组合体之上,然后被分解成"血和铁,火焰和毒,恢复和报仇""青春-迟暮"等,好似不用背反概念支撑,鲁迅就不会写作了也。因此,大体而言,《野草》的写作,是思想性、观念性的,而不是审美性、艺术性的。

希　望

我的心分外地寂寞。

然而我的心很平安：没有爱憎，没有哀乐，也没有颜色和声音。

我大概老了。我的头发已经苍白，不是很明白的事么？我的手颤抖着，不是很明白的事么？那么，我的魂灵的手一定也颤抖着，头发也一定苍白了。

然而这是许多年前的事了。

这以前，我的心也曾充满过血腥的歌声：血和铁，火焰和毒，恢复和报仇。而忽而这些都空虚了，但有时故意地填以没奈何的自欺的希望。希望，希望，用这希望的盾，抗拒那空虚中的暗夜的袭来，虽然盾后面也依然是空虚中的暗夜。然而就是如此，陆续地耗尽了我的青春。

我早先岂不知我的青春已经逝去了？但以为身外的青春固在：星，月光，僵坠的胡蝶，暗中的花，猫头鹰的不祥之言，杜鹃的啼血，笑的渺茫，爱的翔舞……。虽然是悲凉漂渺的青春罢，然而究竟是青春。

然而现在何以如此寂寞？难道连身外的青春也都逝去，世上的青年也多衰老了么？

我只得由我来肉薄这空虚中的暗夜了。我放下了希望之盾，我听到 Petöfi Sándor（1823—49）的"希望"之歌：

> 希望是甚么？是娼妓：
>
> 她对谁都蛊惑，将一切都献给；
>
> 待你牺牲了极多的宝贝——
>
> 你的青春——她就弃掉你。

这伟大的抒情诗人，匈牙利的爱国者，为了祖国而死在可萨克兵的矛尖上，已经七十五年了。悲哉死也，然而更可悲的是他的诗至今没有死。

但是，可惨的人生！桀骜英勇如 Petöfi，也终于对了暗夜止步，回顾着茫茫的东方了。他说：

绝望之为虚妄，正与希望相同。

倘使我还得偷生在不明不暗的这"虚妄"中，我就还要寻求那逝去的悲凉漂渺的青春，但不妨在我的身外。因为身外的青春倘一消灭，我身中的迟暮也即凋零了。

然而现在没有星和月光，没有僵坠的胡蝶以至笑的渺茫，爱的翔舞。然而青年们很平安。

我只得由我来肉薄这空虚中的暗夜了，纵使寻不到身外的青春，也总得自己来一掷我身中的迟暮。但暗夜又在那里呢？现在没有星，没有月光以至笑的渺茫和爱的翔舞；青年们很平安，而我的面前又竟至于并且没有真的暗夜。

绝望之为虚妄，正与希望相同！

一九二五年一月一日。

死掉的雨

《雪》是《野草》的第八篇。写于1925年1月18日，初发于1925年1月26日《语丝》周刊第十一期。

按写作时间的顺序（也就是《野草》集编排的顺序）读《野草》，读到这篇《雪》，觉得有点懵了，感觉好像不是鲁迅的作品。因为《雪》实在不像前面七篇的风格。这篇里的"雪"是温暖的，一种原初童心和直觉的温暖。

此文一开头，就把江南称为"暖国"，将江南的雨，称为"暖国的雨"。开篇："暖国的雨，向来没有变过冰冷的坚硬的灿烂的雪花。"这是个开篇名句。此文因选在中学课本里，一拨拨青年都接受过这个句子的温暖气息和节奏。

想到"暖国的雨"，有的读者可能会想到《野草》第一篇《秋夜》的开篇——"在我家的后园，可以看见墙外有两株树，一株是枣树，还有一株也是枣树。"

"暖国的雨"和后园的那两株枣树，是鲁迅心中能够呼唤出暖色的江南温暖层。于是，他一开始就抒情："江南的雪，可是

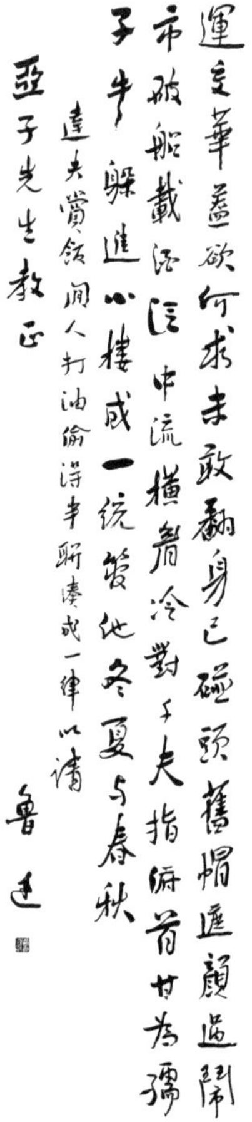

滋润美艳之至了；那是还在隐约着的青春的消息，是极壮健的处子的皮肤。"

显然，这篇里的"雪"，不是光明-黑暗二元背反概念中的雪。雪就是雪。童心的雪。直观的雪。鲁迅在写这雪时，没有翻来覆去使用各种隐喻。

全篇只有两个负载观念内涵的词：精魂；孤独。

精魂和孤独两个有重量的词分别居于最后两段——"在无边的旷野上，在凛冽的天宇下，闪闪地旋转升腾着的是雨的精魂……""是的，那是孤独的雪，是死掉的雨，是雨的精魂。"

这两个隐喻虽然略显重，但整篇的雪的直观描述，是可以将它们化得开的。

好的艺术语言，都不是作为工具为概念的隐喻或观念的生成服务的。搞清楚这一点，人才能自由地欣赏艺术，才不会被概念和观念所裹挟，变成美障。

图6　鲁迅《自录旧作赠柳亚子》，1932年

尤其需要警惕的是，那些居心不良的概念和观念，它们常常端坐文中，高居文中，成为文中的黑白统领，压得诗-蕴生发系统喘不过气来。

雪

　　暖国的雨,向来没有变过冰冷的坚硬的灿烂的雪花。博识的人们觉得他单调,他自己也以为不幸否耶?江南的雪,可是滋润美艳之至了;那是还在隐约着的青春的消息,是极壮健的处子的皮肤。雪野中有血红的宝珠山茶,白中隐青的单瓣梅花,深黄的磬口的蜡梅花;雪下面还有冷绿的杂草。胡蝶确乎没有;蜜蜂是否来采山茶花和梅花的蜜,我可记不真切了。但我的眼前仿佛看见冬花开在雪野中,有许多蜜蜂们忙碌地飞着,也听得他们嗡嗡地闹着。

　　孩子们呵着冻得通红,像紫芽姜一般的小手,七八个一齐来塑雪罗汉。因为不成功,谁的父亲也来帮忙了。罗汉就塑得比孩子们高得多,虽然不过是上小下大的一堆,终于分不清是壶卢还是罗汉;然而很洁白,很明艳,以自身的滋润相粘结,整个地闪闪地生光。孩子们用龙眼核给他做眼珠,又从谁的母亲的脂粉奁中偷得胭脂来涂在嘴唇上。这回确是一个大阿罗汉了。他也就目光灼灼地嘴唇通红地坐在雪地里。

　　第二天还有几个孩子来访问他;对了他拍手,点头,嘻笑。但他终于独自坐着了。晴天又来消释他的皮肤,寒夜又使他结一层冰,化作不透明的水晶模样;连续的晴天又使他成为不知道算什么，而嘴上的胭脂也褪尽了。

　　但是，朔方的雪花在纷飞之后，却永远如粉，如沙，他们决不粘连，撒在屋上，地上，枯草上，就是这样。屋上的雪是早已就有消化了的，因为屋里居人的火的温热。别的，在晴天之下，旋风忽来，便蓬勃地奋飞，在日光中灿灿地生光，如包藏火焰的大雾，旋转而且升腾，弥漫太空，使太空旋转而且升腾地闪烁。

　　在无边的旷野上，在凛冽的天宇下，闪闪地旋转升腾着的是雨的精魂……

　　是的，那是孤独的雪，是死掉的雨，是雨的精魂。

一九二五年一月十八日。

为说"宽恕"赋大词

《风筝》是《野草》的第九篇。写于1925年1月24日,初发于1925年2月2日《语丝》周刊第十二期。

这篇《风筝》是一篇不必阐释的文章,也没有太多的意思可阐释。文章无非写某个冬季,作者人在北京,看见有人放风筝,想起了儿时与风筝有关的旧事。小时候,自己不喜欢放风筝,以为那是没有出息的孩子们所做的"玩艺"。自己不喜欢,也反对自家的小兄弟喜欢。小兄弟自己偷偷制作风筝,被他这个哥发现,然后把那风筝折断、踏扁了。而自己呢,一直对这件事情郁郁于怀,也就是自己老想起这件事情,被这件做得太过分的事情折磨着、"惩罚"着。直到大家都长了胡子之后,还希望去讨小兄弟的"宽恕",去找个释怀的"台阶"下来。

可是,兄弟见面,当他谈起儿时的这件事情,小兄弟却完全遗忘了。求"宽恕"而未果,寻"台阶"而不得,使自己的心还得沉重着,还得悲哀着。这《风筝》写的就是这么件事情。

比起《雪》来,《风筝》有点"强写"的味道。

鲁迅虽是鲁迅，也不能篇篇都写得好。"为赋新词强说愁"地"硬写"，比如硬用隐喻之类，偶尔也是有的。狮子老虎也有打盹的时候。就这篇《风筝》，很多小作家都能写出来，都会营造那个怀旧的氛围，讲各种童年的故事，讲自己童年不懂事而做错事，是常见的写作路子。童年，肯定是包括做错事的那个童年的；童年，也包括欢喜而伤感的那个童年。

因为鲁迅是鲁迅，或者说鲁迅已经不是鲁迅，是一个文学怪物——如果上天有灵，他自己肯定也不认识"文之坛"上的自己了的。

他的所有文字都被按照各取所需的阐释系统去阐释了，连本文作者也在冒天下评家之大不韪来搞评论了也。

有时候，读阐释鲁迅的论文，比读鲁迅更有意思，即更能看出鲁迅的悲哀。

有一点似乎是可以肯定的，即鲁迅的研究者和读者，其实多是鲁迅猛烈批判、"哀其不幸，怒其不争"的那群人中的"佼佼者"，当然也包括此刻正在读他的作品的人。

鲁迅写这则回忆，也忘不了用"悲哀""惩罚""宽恕""沉重"等大词，"寒威""冷气"等隐喻。其实，就这件童年往事，似乎是托不起这些大词的。这就是"强写""硬写"的痕迹，似乎不用大词、猛词，文章的意义或主题就呈现不了，诗-蕴的生成就没有着落似的。

在文章中,任何大词、猛词和隐喻,都是方便之门。门用料太多,比如铁门,就铸得太厚,而打开它,里面又没有什么天堂般的明亮,或地狱般的黑透,那就是真的"用料太多"。

至于读者和评论家按自己的批评路数套出来的那个"封建"社会长幼尊卑,那个觉悟者的清醒,不觉悟者的木讷之类的阐释,就扯得太远了也。

鲁迅已经被扯得遍体鳞伤。

风　筝

　　北京的冬季，地上还有积雪，灰黑色的秃树枝丫叉于晴朗的天空中，而远处有一二风筝浮动，在我是一种惊异和悲哀。

　　故乡的风筝时节，是春二月，倘听到沙沙的风轮声，仰头便能看见一个淡墨色的蟹风筝或嫩蓝色的蜈蚣风筝。还有寂寞的瓦片风筝，没有风轮，又放得很低，伶仃地显出憔悴可怜模样。但此时地上的杨柳已经发芽，早的山桃也多吐蕾，和孩子们的天上的点缀相照应，打成一片春日的温和。我现在在那里呢？四面都还是严冬的肃杀，而久经诀别的故乡的久经逝去的春天，却就在这天空中荡漾了。

　　但我是向来不爱放风筝的，不但不爱，并且嫌恶他，因为我以为这是没出息孩子所做的玩艺。和我相反的是我的小兄弟，他那时大概十岁内外罢，多病，瘦得不堪，然而最喜欢风筝，自己买不起，我又不许放，他只得张着小嘴，呆看着空中出神，有时至于小半日。远处的蟹风筝突然落下来了，他惊呼；两个瓦片风筝的缠绕解开了，他高兴得跳跃。他的这些，在我看来都是笑柄，可鄙的。

　　有一天，我忽然想起，似乎多日不很看见他了，但记得曾见他在后园拾枯竹。我恍然大悟似的，便跑向少有人去的一间堆积杂物的小屋去，推开门，果然就在尘封的什物堆中发见了他。他向着大方凳，坐在小凳上；便很惊惶地站了起来，失了色瑟缩着。大方凳旁靠着一个胡蝶风筝的竹骨，还没有糊上纸，凳上是一对做眼睛用的小风轮，正用红纸条装饰着，将要完工了。我在破获秘密的满足中，又很愤怒他的瞒了我的眼睛，这样苦心孤诣地来偷做没出息孩子的玩艺。我即刻伸手折断了胡蝶的一支翅骨，又将风轮掷在地下，踏扁了。论长幼，论力气，他是都敌不过我的，我当然得到完全的胜利，于是傲然走出，留他绝望地站在小屋里。后来他怎样，我不知道，也没有留心。

然而我的惩罚终于轮到了，在我们离别得很久之后，我已经是中年。我不幸偶而看了一本外国的讲论儿童的书，才知道游戏是儿童最正当的行为，玩具是儿童的天使。于是二十年来毫不忆及的幼小时候对于精神的虐杀的这一幕，忽地在眼前展开，而我的心也仿佛同时变了铅块，很重很重的堕下去了。

但心又不竟堕下去而至于断绝，他只是很重很重地堕着，堕着。

我也知道补过的方法的：送他风筝，赞成他放，劝他放，我和他一同放。我们嚷着，跑着，笑着。——然而他其时已经和我一样，早已有了胡子了。

我也知道还有一个补过的方法的：去讨他的宽恕，等他说，

"我可是毫不怪你呵。"那么，我的心一定就轻松了，这确是一个可行的方法。有一回，我们会面的时候，是脸上都已添刻了许多"生"的辛苦的条纹，而我的心很沉重。我们渐渐谈起儿时的旧事来，我便叙述到这一节，自说少年时代的胡涂。"我可是毫不怪你呵。"我想，他要说了，我即刻便受了宽恕，我的心从此也宽松了罢。

"有过这样的事么？"他惊异地笑着说，就像旁听着别人的故事一样。他什么也不记得了。

全然忘却，毫无怨恨，又有什么宽恕之可言呢？无怨的恕，说谎罢了。

我还能希求什么呢？我的心只得沉重着。

现在，故乡的春天又在这异地的空中了，既给我久经逝去的儿时的回忆，而一并也带着无可把握的悲哀。我倒不如躲到肃杀的严冬中去罢，——但是，四面又明明是严冬，正给我非常的寒威和冷气。

一九二五年一月二十四日。

悲愤无效的可怜

《好的故事》是《野草》的第十篇。落款写于1925年2月24日，初发于1925年2月9日《语丝》周刊第十三期。因发表时间在落款时间之前，故落款有误。据鲁迅日记，此文应该作于1925年1月28日。

《好的故事》写某个昏沉的夜，油灯里的劣质油将尽、灯捻将枯的时候，正在读书的作者闭上眼睛，朦胧中，一个"好的故事"袭来。自己仿佛记得，曾坐着小船经过绍兴以西的山阴道，云游于天地之间。山阴道两边，万物葱茏，鸡犬相闻，萍藻游鱼，一同荡漾，俨然陶渊明的"桃花源"之境。这是地上的事物。天上呢？"青天上面，有无数美的人和美的事，我一一看见，一一知道。"也就是，天上和地上，都出现了美好的幻象，美好的人和美好的事物，尽在其中。直到骤然一惊，睁开眼睛，幻象消失，回到昏沉的夜里。

这篇《好的故事》是一篇好文，虽然不能说绝妙，甚至也不能像鲁迅在文中说的——"美丽，幽雅，有趣"，但的确是好的。

为什么好？不同的人可以从不同的方面说好。也有人会说不好，只是鲁迅名头太大，可能不敢直言而已。

艺术作品之好与不好，大体是直观感受，其实是很难讲清道理的，若能讲清道理，那就遵循着道理去创作不就成了吗！讲不清楚道理，还要强讲道理，是人爱讲道理、喜欢制造学术的悲哀。

就如同《红楼梦》，作品名头太大，人人都说好，即便有人觉得不好，比如私底下认为，没有"三言二拍"看得过瘾，甚至说看不懂等等，但都不敢说，怕让人给看低了身段和见识。因此，对经典名著，群众都认为好，也是一种集体性的审美疾病。

当然，作品好与不好，明白人心中自然有数。

何谓明白人，大概指那种有先天的审美直觉，有丰富的创作和审美训练，又不存在审美执障的人。这样的欣赏者是少之又少。文艺知识多，人未必明白。

我觉得这篇文章好，是因为它的确像一团斑斓的卿云，慢慢地散开，静静地停在黄昏的空中，不重也不轻，它就是灿烂、辽远、寂静本身，既属于直观的事物，又是心灵、灵魂自身的幻象。鲁迅直接在文中写道："这故事很美丽，幽雅，有趣。许多美的人和美的事，错综起来像一天云锦，而且万颗奔星似的飞动着，同时又展开去，以至于无穷。"

展开和破碎,美丽、幽雅、有趣,漂移迁流、疏散无影的梦幻泡影。

一篇好作品总是昭示,幻象就是心灵本身。

它直观显现,漂移而动;它漂移而动,又直观显现。

好像眼前的风华,此时此刻的音声形色。它来过,它去了;它去了,复来过。如来如去的样子,就在天上显形,地上蹉跎。除此之外,便没有什么。

这聚散的卿云来临,是没有理由的。照例,读鲁迅的文章,就想起他坐在藤椅上,像个木刻,吐出缭绕的烟雾,既看着远方,又向自己的内心追问。

他将如何"在蒙胧中,看见一个好的故事"的过程和盘托出,那种独自沉入夜空的、悻悻的样子,可爱极了,还有点可怜相。一个码字的书生,想码出思想,码出力量,码出美来,总是有点可怜的。

鲁迅的形象总是被简化为一个愤怒的形象,其实,鲁迅在日常生活中蛮好玩的。幽默、欢喜、悲愤、伤感、善良、慷慨、狭隘,息怒孤绝,蛮好玩的。

鲁迅的文字里多溢出悲愤的情感,这是真的,但最可怜的是,在这人世间,鲁迅的悲愤无效。鲁迅最大的可怜,是悲愤无效的可怜。《好的故事》里的鲁迅,当然是另外一个鲁迅。

大作家，写着写着，都要调整自己，不仅调整写作姿态，也在调整辞藻的显现方式或推动力。《野草》从《雪》开始调整，写到第三篇，有点靠谱了。但毕竟可以看得出，是个专业作家在作文的作文。尽管鲁迅是个教授，但毕竟不在庙堂，码字成了有稿酬收入的劳作。

当然，这里所谓"调整"，是指文章已经没有开头几篇的那种"光明-黑暗"式的"二元背反"视觉，只在开头处和结尾处略有"重力场"的撞击。开头处说"是昏沉的夜"，结尾处说"在昏沉的夜……"。在结尾处，鲁迅忍不住用了个省略号，表示文章的"里面"或"远处"还有内涵，只是照例要让它含蓄着而已。

好的故事

　　灯火渐渐地缩小了,在预告石油的已经不多;石油又不是老牌,早熏得灯罩很昏暗。鞭爆的繁响在四近,烟草的烟雾在身边:是昏沉的夜。

　　我闭了眼睛,向后一仰,靠在椅背上;捏着《初学记》的手搁在膝髁上。

　　我在蒙胧中,看见一个好的故事。

　　这故事很美丽,幽雅,有趣。许多美的人和美的事,错综起来像一天云锦,而且万颗奔星似的飞动着,同时又展开去,以至于无穷。

　　我仿佛记得曾坐小船经过山阴道,两岸边的乌桕,新禾,野花,鸡,狗,丛树和枯树,茅屋,塔,伽蓝,农夫和村妇,村女,晒着的衣裳,和尚,蓑笠,天,云,竹,……都倒影在澄碧的小河中,随着每一打桨,各各夹带了闪烁的日光,并水里的萍藻游鱼,一同荡漾。诸影诸物,无不解散,而且摇动,扩大,互相融和;刚一融和,却又退缩,复近于原形。边缘都参差如夏云头,镶着日光,发出水银色焰。凡是我所经过的河,都是如此。

　　现在我所见的故事也如此。水中的青天的底子,一切事物统在上面交错,织成一篇,永是生动,永是展开,我看不见这一篇的结束。

　　河边枯柳树下的几株瘦削的一丈红，该是村女种的罢。大红花和斑红花，都在水里面浮动，忽而碎散，拉长了，如缕缕的胭脂水，然而没有晕。茅屋，狗，塔，村女，云，……也都浮动着。大红花一朵朵全被拉长了，这时是泼剌奔进的红锦带。带织入狗中，狗织入白云中，白云织入村女中……。在一瞬间，他们又将退缩了。但斑红花影也已碎散，伸长，就要织进塔，村女，狗，茅屋，云里去。

　　现在我所见的故事清楚起来了，美丽，幽雅，有趣，而且分明。青天上面，有无数美的人和美的事，我一一看见，一一知道。

　　我就要凝视他们……。

　　我正要凝视他们时，骤然一惊，睁开眼，云锦也已皱蹙，凌乱，仿佛有谁掷一块大石下河水中，水波陡然起立，将整篇的影子撕成片片了。我无意识地赶忙捏住几乎坠地的《初学记》，眼前还剩着几点虹霓色的碎影。

　　我真爱这一篇好的故事，趁碎影还在，我要追回他，完成他，留下他。我抛了书，欠身伸手去取笔，——何尝有一丝碎影，只见昏暗的灯光，我不在小船里了。

　　但我总记得见过这一篇好的故事，在昏沉的夜……。

　　　　　　　　　　　　　　　一九二五年二月二十四日。

向坟而去

《过客》是《野草》的第十一篇。写于1925年3月2日,初发于1925年3月9日《语丝》周刊第十七期。

《过客》是一则话剧,写一个老翁、一个女孩、一个中青年过客,三人之间的对话。

太阳即将落于荒野,老丈要孩子扶他进入破败的小土屋去。这时,走来一个像乞丐的中青年男子,要讨一碗水喝。这个过客,是个无家可归的人,他一直在走路,一直往前走,脚已经走破了,还要往前走。他很疲惫、很穷困,除了一碗水,绝不要别人的布施。他既不知道自己的名字,也不知道从哪里来,要到哪里去,只知道一直往前走,必须往前走。而他要去的方向,正是西面那个乱坟岗。他明知道前面是坟,但还要去,甚至觉得坟地是个不错的地方,那里开着许多野百合和野蔷薇。老丈希望他朝其他方向走,不要去坟地,或者干脆回去,他不回,也不朝其他方向去。理由是:"回到那里去,就没一处没有名目,没一处没有地主,没一处没有驱逐和牢笼,没一处没有皮面的笑容,没一处没有眶外的眼泪。"老丈希望他不如先休息,而后再走,他也不休息,因为"那前面的声音叫我走"。然后,他仰起头向西,朝着乱坟岗走去。

这篇《过客》,被誉为鲁迅作品的名篇之一,阐释者众。什么是名篇,因为适合多数人的审美胃口,特别适合大众审美的胃口。什么是大众审美,在我们这个自编诗教伦理的特殊时代,说白了就是教科书审美。通过教科书的诗教灌输出来的大众审美意向,首先就要去寻找作品的内容,找到内容,心里才踏实。找到内容之后,将内容进行"深刻"与"肤浅"的二维分辨,以此来判断作品之好坏,并通过这种特殊诗教的臆想,去塑造作家的写作动机、作品玄机,而后实施颂扬或贬斥。

事实上,所谓审美判断,普通民众是难有话语权力的。他们既无平台,也鲜有审美意志可言。普通民众的审美判断,都跟着学者们的说道走,跟着教科书走。这样的判断,既安全稳当,又洗心革面,妥妥的。不过,还是要"救救孩子",普通的审美民众也要知道真相:多数学者居高临下的、代言式的审美判断,只是某种集体性的、负载着诗教权力的审美幻象、审美错觉而已,不能当真的。

鲁迅是最反对做奴隶的,自然也会反对审美奴隶。审美奴隶,是个人天赋才能的奴化,是审美心灵彻底的服服帖帖。

显然,《过客》之被誉为名篇,大小审美判官都已找到了"深刻"的维度。一旦深刻了,就好说话了。《过客》是如何"深刻"的呢?打开"百度百科"引一段即刻明白,换句话说,这是对《过客》"最教科书""最大众审美"的读法:"此文通过'过客'形象的塑造,真实地反映了作者鲁迅在上下求索中不畏艰险,不怕牺牲,勇往直前的战斗精神。过客和老翁是两个对立的艺术形象,通过他们的对话,批判了老翁代表的那种在探索中半途退缩,颓唐消沉的庸人思想,概括了辛亥革命以来革命探索者的不同道路和命运。"

我怎么也看不出这幕诗剧里老翁的思想上哪里"消沉",意志上哪里"退缩"。一位贫困的老人,难道自自然然、安安静静地活着的权利都不允许有吗?老翁和小女孩那么善良、温情已经足够。且不说青壮年,老人和小孩应该有"平凡"甚至"平庸"的权利。这才是人道,与天道有关联的人道。

我反复阅读《过客》,"阅读审美集市"上讲的鲁迅的这个"深刻",我是怎么也读不出来的。以我的愚蠢和平凡,窃以为,读作品,只能贴着作品的语言来读的,不能过度阐释,也不能混乱猜想,即便作者写作时有某种语义负载,也只能看作品。

自然,语言自带比喻、隐喻、转义和象征,也就是自带修辞基因和密码,但牛的基因,就是牛的基因,马的基因,就是马的基因，一个马头对在牛身上，这个怪物就不知何以命名了也。鲁迅要是看到了阅读审美集市上的这般解释，自己是不是也会被吓着的呢？

语言的修辞性是有边界的。一个词、一个句子在它的"位点"上绽放出什么样的语义或诗-蕴慧光，自有其边界，不能强行引申，不能随意搞意义、观念、概念的对接，这是个常识。世人阅读常识之失却，或被安放了某种观念、概念程序，诚如是，这个程序是从小就被安放了的，一旦阅读或写作，这个程序就开始启动运行了。考试制度使胡乱引申的审美程序得以运转，越转越疯狂。

我们的阅读，要回归常识，很难。中小学作文的教学模式中，就要教学生搞引申主题的，此谓之点题，说白了就是编造，滥用隐喻和象征。

阅读鲁迅的这则话剧《过客》，试读随想，记录如下：

先从时间、地点和人物说起。鲁迅只用三个字：时，地，人。

时："或一日的黄昏。"

地："或一处。"作者补充描绘的这一处"舞台"的景象是："东，是几株杂树和瓦砾；西，是荒凉破败的丛葬；其间有一条似路非路的痕迹。一间小土屋向这痕迹开着一扇门；门侧有一段枯树根。"

用一个"或"字处理时间和地点，很妙。让人感到，时间和地点是游动的。不在一处，而在处处；不在一时，而在时时。既是具体的时空，又是穿越的时空，还是一个浑然广大的时空。

人：老翁，约七十岁；女孩，约十岁；过客，约三四十岁。一个行将就木，一个不谙世事，一个困顿无助，无家可归。

此文的色调，还是鲁迅善用的黑－白调子，正如他喜欢的黑白木刻，既简括，又有斧斤味。且看鲁迅刻画出来的三个人物。老翁是："白须发，黑长袍。"女孩是："紫发，乌眼珠，白地黑方格长衫。"（女孩的"紫发"，是文中人物唯一的一点染色，是一个冷暖相兼式色调，这一点染色，当然是作者的匠心，似对少年有所喻。）过客是："眼光阴沉，黑须，乱发，黑色短衣裤皆破碎。"

此文的隐喻和象征（隐喻，是不确定但可阐释的语义或观念，它无须形成具体的语言符号或形式；象征是确定且可阐释的语义或观念，它形成某种具体的语言符号或形式）：

"过客"是本文整体的象征。它是"人""人生""生命"等内涵的观念凝聚。生命是个过程，这个过程中的人，即过客。

然而，这个过客必不同于其他过客，才能成其为鲁迅的"过客"。

鲁迅这位过客的不同之处，在于他不知道他是谁，不知道他从哪里来，也不知道要去哪里。因此，这个过客是既没有过去，也没有未来，连现在也是模糊的。

这个人生总命题，不是鲁迅首问。鲁迅也是"拿来"的。他化用了西方流行的人生三命题追问："我是谁？我从哪里来？我到哪里去？"这一追问虽不知最早出处，但因后印象主义大师保罗·高更1898年

图7　鲁迅赴光华大学讲演，1927年

画的一幅画，而成为现代人生存追问的一个总命题。高更的《我们从哪里来？我们是谁？我们到哪里去？》这幅画，是他一生最大的一幅画。这幅画是在塔希提岛完成的。那时，他爱女夭折，贫病交加，生命面临着生死考验。

高更的画，是处于生死之间的追问。鲁迅的"过客"亦正向着"坟"走去。

"坟"是"过客"要去的地方，也是鲁迅语言中的一个象征

符号。"坟"也是鲁迅一个杂文集的名字。在《坟》这个杂文集中，收录了他从1907年至1925年间写的许多著名文章，比如《摩罗诗力说》《论雷峰塔的倒掉》《论"费厄泼赖"应该缓行》《论"他妈的！"》等。

鲁迅在《写在〈坟〉后面》中说："我只很确切地知道一个终点，就是：坟。然而这是大家都知道的，无须谁指引。问题是在从此到那的道路。那当然不只一条，我可正不知那一条好，虽然至今有时也还在寻求。"

显然，"坟"是鲁迅对人生、命运的一个象征。这恰恰是一种悲观的人生态度。鲁迅有悲观的权利，也应该有看不到前路的权利。

《过客》中的"过客"说："那前面的声音叫我走。"于是乎，阐释者们就在这"声音"上做文章，以为鲁迅有所指。其实，根据文中之意，鲁迅在此写的这"声音"，就是死亡的象征，而不是其他有关美好未来的召唤。

理由之一是：过客执拗地要走向乱坟岗，即走向死亡，那里的野百合和野蔷薇，就是献祭之花。至于乱坟岗之外是什么地方，文中说得很清楚，老翁、女孩和过客，都不知道。

理由之二是：在文中，鲁迅明确写到这过客对死亡的态度，是一种赞美的态度——谁给这过客布施，他不但不祈愿布施者活得好好的，反而希望他死、诅咒他死。或许他认为，活着多么不易，多么荒诞，而死了才一了百了。

他是这么让过客说话的："我怕我会这样：倘使我得到了谁的布施，我就要像兀鹰看见死尸一样，在四近徘徊，祝愿她的灭亡，给我亲自看见；或者咒诅她以外的一切全都灭亡，连我自己，因为我就应该得到咒诅。"写了这篇文章后，鲁迅在给许广平的书信中说得很明白："同我有关的活着，我倒不放心，死了，我就安心，这意思也在《过客》中说过。"（《两地书·二四》）鲁迅这种生死态度，是很悲怆的。他总是反其道而行文。

过客发表那番议论，只因为那小女孩看到他走破了脚，出于好心，递给他一块布，希望他包裹伤口。一块布是个"极少有的好意"，却谈不上"布施"，也没有必要发表这么大的生死之论。说白了，"布施"一词箩筐太大，隐喻太厚重，且有强烈的宗教义理，不是一块小布的善意、温情的含义能表达得了的。

诚然也，希望布施者死、诅咒布施者死这一笔，道理虽可解，但毕竟太反人伦，用笔过猛，亦可以说是败笔。

过　客

时：

或一日的黄昏。

地：

或一处。

人：

老翁——约七十岁，白须发，黑长袍。

女孩——约十岁，紫发，乌眼珠，白地黑方格长衫。

过客——约三四十岁，状态困顿倔强，眼光阴沉，黑须，乱发，黑色短衣裤皆破碎，赤足著破鞋，胁下挂一个口袋，支着等身的竹杖。

东，是几株杂树和瓦砾；西，是荒凉破败的丛葬；其间有一条似路非路的痕迹。一间小土屋向这痕迹开着一扇门；门侧有一段枯树根。

（女孩正要将坐在树根上的老翁搀起。）

翁——孩子。喂，孩子！怎么不动了呢？

孩——（向东望着，）有谁走来了，看一看罢。

翁——不用看他。扶我进去罢。太阳要下去了。

孩——我,——看一看。

翁——唉,你这孩子!天天看见天,看见土,看见风,还不够好看么?什么也不比这些好看。你偏是要看谁。太阳下去时候出现的东西,不会给你什么好处的。……还是进去罢。

孩——可是,已经近来了。阿阿,是一个乞丐。

翁——乞丐?不见得罢。

(过客从东面的杂树间跄踉走出,暂时踌躇之后,慢慢地走近老翁去。)

客——老丈,你晚上好?

翁——阿,好!托福。你好?

客——老丈,我实在冒昧,我想在你那里讨一杯水喝。我走得渴极了。这地方又没有一个池塘,一个水洼。

翁——唔,可以可以。你请坐罢。(向女孩)孩子,你拿水来,杯子要洗干净。

(女孩默默地走进土屋去。)

翁——客官,你请坐。你是怎么称呼的。

客——称呼?——我不知道。从我还能记得的时候起,我就只一个人。我不知道我本来叫什么。我一路走,有时人们也随便称呼我,各式各样地,我也记不清楚了,况且相同的称呼也没有听到过第二回。

翁——阿阿。那么,你是从那里来的呢?

客——(略略迟疑,)我不知道。从我还能记得的时候起,我就在这么走。

翁——对了。那么,我可以问你到那里去么?

客——自然可以。——但是,我不知道。从我还能记得的时候起,我就在这么走,要走到一个地方去,这地方就在前面。我单记得走了许多路,现在来到这里了。我接着就要走向那边去,(西指,)前面!

(女孩小心地捧出一个木杯来,递去。)

客——(接杯,)多谢,姑娘。(将水两口喝尽,还杯,)多谢,姑娘。这真是少有的好意。我真不知道应该怎样感激!

翁——不要这么感激。这于你是没有好处的。

客——是的,这于我没有好处。可是我现在很恢复了些力气了。我就要前去。老丈,你大约是久住在这里的,你可知道前面是怎么一个所在么?

翁——前面?前面,是坟。

客——(诧异地,)坟?

孩——不,不,不的。那里有许多许多野百合,野蔷薇,我常常去玩,去看他们的。

客——（西顾，仿佛微笑，）不错。那些地方有许多许多野百合，野蔷薇，我也常常去玩过，去看过的。但是，那是坟。（向老翁，）老丈，走完了那坟地之后呢？

翁——走完之后？那我可不知道。我没有走过。

客——不知道？！

孩——我也不知道。

翁——我单知道南边；北边；东边，你的来路。那是我最熟悉的地方，也许倒是于你们最好的地方。你莫怪我多嘴，据我看来，你已经这么劳顿了，还不如回转去，因为你前去也料不定可能走完。

客——料不定可能走完？……（沉思，忽然惊起，）那不行！我只得走。回到那里去，就没一处没有名目，没一处没有地主，没一处没有驱逐和牢笼，没一处没有皮面的笑容，没一处没有眶外的眼泪。我憎恶他们，我不回转去！

翁——那也不然。你也会遇见心底的眼泪，为你的悲哀。

客——不。我不愿看见他们心底的眼泪，不要他们为我的悲哀！

翁——那么，你，（摇头，）你只得走了。

客——是的，我只得走了。况且还有声音常在前面催促我，叫唤我，使我息不下。可恨的是我的脚早经走破了，有许多伤，流了许多血。(举起一足给老人看,)因此,我的血不够了;我要喝些血。但血在那里呢?可是我也不愿意喝无论谁的血。我只得喝些水,来补充我的血。一路上总有水,我倒也并不感到什么不足。只是我的力气太稀薄了,血里面太多了水的缘故罢。今天连一个小水洼也遇不到,也就是少走了路的缘故罢。

翁——那也未必。太阳下去了,我想,还不如休息一会的好罢,像我似的。

客——但是,那前面的声音叫我走。

翁——我知道。

客——你知道?你知道那声音么?

翁——是的。他似乎曾经也叫过我。

客——那也就是现在叫我的声音么?

翁——那我可不知道。他也就是叫过几声,我不理他,他也就不叫了,我也就记不清楚了。

客——唉唉,不理他……。(沉思,忽然吃惊,倾听着,)不行!我还是走的好。我息不下。可恨我的脚早经走破了。(准备走路。)

孩——给你!(递给一片布,)裹上你的伤去。

客——多谢,(接取,)姑娘。这真是……。这真是极少有的好意。这能使我可以走更多的路。(就断砖坐下,要将布缠在踝上，）但是，不行！（竭力站起，）姑娘，还了你罢，还是裹不下。况且这太多的好意，我没法感激。

翁——你不要这么感激，这于你没有好处。

客——是的，这于我没有什么好处。但在我，这布施是最上的东西了。你看，我全身上可有这样的。

翁——你不要当真就是。

客——是的。但是我不能。我怕我会这样：倘使我得到了谁的布施，我就要像兀鹰看见死尸一样，在四近徘徊，祝愿她的灭亡，给我亲自看见；或者咒诅她以外的一切全都灭亡，连我自己，因为我就应该得到咒诅。但是我还没有这样的力量；即使有这力量，我也不愿意她有这样的境遇，因为她们大概总不愿意有这样的境遇。我想，这最稳当。（向女孩，）姑娘，你这布片太好，可是太小一点了，还了你罢。

孩——（惊惧，退后，）我不要了！你带走！

客——（似笑，）哦哦，……因为我拿过了？

孩——（点头，指口袋，）你装在那里，去玩玩。

客——（颓唐地退后，）但这背在身上，怎么走呢？……

翁——你息不下，也就背不动。——休息一会，就没有什么了。

客——对咧，休息……。（默想，但忽然惊醒，倾听。）不，我不能！我还是走好。

翁——你总不愿意休息么？

客——我愿意休息。

翁——那么，你就休息一会罢。

客——但是，我不能……。

翁——你总还是觉得走好么？

客——是的。还是走好。

翁——那么，你也还是走好罢。

客——（将腰一伸，）好，我告别了。我很感谢你们。（向着女孩，）姑娘，这还你，请你收回去。

（女孩惊惧，敛手，要躲进土屋里去。）

翁——你带去罢。要是太重了，可以随时抛在坟地里面的。

孩——（走向前，）阿阿，那不行！

客——阿阿，那不行的。

翁——那么，你挂在野百合野蔷薇上就是了。

孩——（拍手，）哈哈！好！

客——哦哦……。

（极暂时中，沉默。）

翁——那么，再见了。祝你平安。（站起，向女孩，）孩子，扶我进去罢。你看，太阳早已下去了。（转身向门。）

客——多谢你们。祝你们平安。(徘徊,沉思,忽然吃惊,)然而我不能!我只得走。我还是走好罢……。(即刻昂了头,奋然向西走去。)

(女孩扶老人走进土屋,随即阖了门。过客向野地里跄踉地闯进去,夜色跟在他后面。)

一九二五年三月二日。

"死"与"火"的两极反转

《死火》是《野草》的第十二篇。写于1925年4月23日,初发于1925年5月4日《语丝》周刊第二十五期。

凡火,都是燃烧的。燃烧着的,才叫火。没有"死火"这种东西,但鲁迅却写了死火。

因此,死火,只有在语言修辞系统中才能存在。

死+火,是冷和热的两极对接。对接出来的,肯定是另外一种东西,比如"灰烬",但修辞的方法,是不可能产生事物的,它只能产生观念或象征物。

因此,死火是象征。象征不是以事实呈现,而是以想象的事物呈现的。这里,把这个将"火"这种燃烧的事物反转过来对接"死"而产生"死火"的方法,称为"反转法",或叫"两极反转法"。"反转法"类似于"概念背反",只是"反转法"未必关乎概念,它生成的是一种新的"事物"或一个象征符号。

鲁迅既善用"概念背反"("背反概念"),也善用"反转法"推动文章的语言运动。这种"二元碰撞"的方法,是鲁迅文章诗－蕴生成的重要推动力。说得更具体点,"反转法"就是黑与白翻转,屁股与脸翻转。

"死火",死与火翻转,转成梦境中的奇异事物。这种奇异之物,在现实中是找不到的。当然,只能在语言中、观念中,以及象征修辞中,方能找到。

因此,鲁迅必须做梦,必须营造一个可以命名死火的梦境。

在梦境中,所有事物,包括人的感知力和想象力都可以错位,也就是可以跳跃式地跨越。

这就是为什么鲁迅作文老是"做梦",老是写梦境的原因。

因为这种方式对于写作来说,能比较简单、直接地进入语境,随心所欲地修辞。

梦境自然而然地把人和现实隔开在外。

一方面,梦境是破碎的,最多是蒙太奇运行;另一方面,梦境是荒诞的,既然荒诞,就可以按自己的方式将那荒诞之境朝着任何方向推动。

在梦境中,要死要活,不需要有生活的逻辑,不需要价值观的逻辑,也不需要自然的或超自然的逻辑。

当然,人生的过程,其实也是一连串的蒙太奇。人生的蒙太奇,可能是按某种理路剪接的,也可能毫无章法地翻转着。

人生,被剪接的蒙太奇;梦境,被蒙太奇风筝瞬间放飞的人生。

作家除了写梦境比较便捷地进入方便之门之外,直接写荒诞的或荒谬的人和事物,也是很便捷的方法。

比如弗兰茨·卡夫卡(Franz Kafka),他写了个《变形记》。这篇小说,是二十世纪最伟大的作品之一,用的方法,也就是作家写作洞开的那方便之门,也是用了个简单直接的荒诞法,才免去了叙述上的诸多麻烦。

《变形记》和《城堡》,都是整体的象征。格里高尔·萨姆沙和K,都是蒙太奇梦境中的弗兰茨·卡夫卡。

这种创作方法,在生活和自然中找不到原型。模仿说、自然主义、现实主义、古典主义等,都业已失效。但在想象和修辞的逻辑中,能行得通。不仅能行得通,还成了现代文学、现代艺术的一种常见的创作方法。

又比如法国现代作家马塞尔·埃梅(Marcel Aymé)的《穿墙记》,描写一个可以穿墙而过的荒诞人的故事,等等。

再说卡夫卡。《变形记》中的主角格里高尔·萨姆沙是个推销员,赚钱养家糊口,赢得受供养的家人的尊敬。但某一天,清早起来,他变成了一只甲虫,不能再上班挣钱,终成家人的累赘和憎恨。自私、冷漠的家人对格里高尔态度的转变,人性中凉薄与恶的暴露,只因为他从一个挣钱的工具变成了一只多余的甲虫。

格里高尔死了,但我们仍然感到他还活着,不仅活着,他就是我们自己。

伟大作家的诗-蕴生成方式,是某种漂移迁流进入陌生人身体中的方式,包括进入作家本人这个陌生人的体内。

《死火》作为象征的"死火",正是因为他是语言中的死火,是观念中的死火,它才能与梦中人发生对话,且通过梦中人与现实中人对话。那些现实中的人,也包括作家自己,且首先包括作家自己。

至于死火象征什么,隐喻什么,其实并不重要。

重要的是,诗-蕴生成的原动力已经蕴成。

"死火"作为"活火"的另一面的存在——作为"活火"的温暖、热烈、毁灭等一切火的性质,包括象征、隐喻诗-蕴逻辑的反面存在,已经使语言生成美(诗、艺术)的原动力启动,这就已经足够了。

"死火"诗-蕴之生成,当是有形象的。"红珊瑚""珊瑚枝""凝固的黑烟""红彗星",即具体的形象,是它在梦中显现的形色。

"死火"是不会燃烧的,但鲁迅让它在梦境中燃烧了,只是它的燃烧仍然是冰冷的。

《死火》这篇散文诗中,还有一个关键的形象,那就是"大石车"。它出现在诗末,出现在会说话的"死火"和"梦中人"跃出冰谷的时刻。

"大石车"压死了"梦中人",也压住了这个梦境和这首诗。这的确是一个巨大的象征物,仿佛空气凝结而成的形象,而它也真的碾压过来了。

百度百科评《死火》云:"象征帝国主义和军阀势力的冰山与冰谷……正是当时帝国主义与封建军阀势力相互作用下中国社会现实的写照……是倍受摧残而不屈战斗的革命者形象的概括……暗示新生的'死火'将在人间燃烧,带来温暖和光明……"

以我的愚昧,这些丰富的内涵,我尚未发现,觉得十分遗憾。

死　火

我梦见自己在冰山间奔驰。

这是高大的冰山，上接冰天，天上冻云弥漫，片片如鱼鳞模样。山麓有冰树林，枝叶都如松杉。一切冰冷，一切青白。

但我忽然坠在冰谷中。

上下四旁无不冰冷，青白。而一切青白冰上，却有红影无数，纠结如珊瑚网。我俯看脚下，有火焰在。

这是死火。有炎炎的形，但毫不摇动，全体冰结，像珊瑚枝；尖端还有凝固的黑烟，疑这才从火宅中出，所以枯焦。这样，映在冰的四壁，而且互相反映，化为无量数影，使这冰谷，成红珊瑚色。

哈哈！

当我幼小的时候，本就爱看快舰激起的浪花，洪炉喷出的烈焰。不但爱看，还想看清。可惜他们都息息变幻，永无定形。虽然凝视又凝视，总不留下怎样一定的迹象。

死的火焰，现在先得到了你了！

我拾起死火，正要细看，那冷气已使我的指头焦灼；但是，我还熬着，将他塞入衣袋中间。冰谷四面，登时完全青白。我一面思索着走出冰谷的法子。

我的身上喷出一缕黑烟,上升如铁线蛇。冰谷四面,又登时满有红焰流动,如大火聚,将我包围。我低头一看,死火已经燃烧,烧穿了我的衣裳,流在冰地上了。

"唉,朋友!你用了你的温热,将我惊醒了。"他说。

我连忙和他招呼,问他名姓。

"我原先被人遗弃在冰谷中,"他答非所问地说,"遗弃我的早已灭亡,消尽了。我也被冰冻冻得要死。倘使你不给我温热,使我重行烧起,我不久就须灭亡。"

"你的醒来,使我欢喜。我正在想着走出冰谷的方法;我愿意携带你去,使你永不冰结,永得燃烧。"

"唉唉!那么,我将烧完!"

"你的烧完,使我惋惜。我便将你留下,仍在这里罢。"

"唉唉!那么,我将冻灭了!"

"那么,怎么办呢?"

"但你自己,又怎么办呢?"他反而问。

"我说过了:我要出这冰谷……。"

"那我就不如烧完!"

他忽而跃起,如红彗星,并我都出冰谷口外。有大石车突然驰来,我终于碾死在车轮底下,但我还来得及看见那车就坠入冰谷中。

"哈哈!你们是再也遇不着死火了!"我得意地笑着说,仿佛就愿意这样似的。

一九二五年四月二十三日。

当狗挽留人时

《狗的驳诘》是《野草》的第十三篇。写于1925年4月23日,初发于1925年5月4日《语丝》周刊第二十五期。

文章一开头,鲁迅就写道:"我梦见自己在隘巷中行走,衣履破碎,像乞食者。"鲁迅又在做梦,且梦中的这个行乞者的形象,是他在文中自我描绘的一贯形象。

"一条狗在背后叫起来了。"为什么狗会叫?事先,"我"以为狗很势利,喜欢欺负、厌恶乞食者。但通过"我"与狗的对话,才知道,狗厌恶的是人,所有人。因为人总是在分别"铜和银""布和绸""官和民""主和奴"等等。人与狗的对话,狗看人,比人看狗看得更清,狗的"驳诘"成功,占了上风,人只有逃走,"直到逃出梦境,躺在自己的床上"。

这是一则寓言,且是一则传统寓言。传统寓言有明确的寓意可以阐释,而现代寓言则没有稳定、明确的寓意。

传统寓言指向某种德行,现代寓言呈现某种象征。

如果要问此文的寓意是什么,可有几种阐释:人不如狗;或者说，人性之恶，不如狗性；又或者说，因狗的驳诘有理，使人羞愧而逃；等等。

不过，这些阐释，都是通过隐喻来完成的。

因为隐喻内涵不是确定性的知识，所以，我们不能通过对隐喻的阐释，来证明作者思想的深刻，或反映了事实存在的哪种本质。但有一点是肯定的，鲁迅是在梦中驱动人与狗的对话，来批判人性中势利、凉薄的部分。

《狗的驳诘》使狗上位了。人与狗两种生命的比对关系，仍然是一种善-恶二元关系，虽然不能说是善-恶对立，却形成了善-恶比对。这种二元对立砥砺摩擦的写作技艺，显示了鲁迅的写作，时时表现出新文化运动时期的那种价值观写作的内在驱动力。

虽然价值观写作也是一种写作，也富有诗-蕴生成的力量，但毕竟与伟大艺术纯粹的诗-蕴生成法则相去甚远。

不过，鲁迅的确是个艺术天才，尽管常常驱动价值观写作的表现形式，但他那种茫然无措的悲智心和悲情心，总是形成巨大的气息笼罩着作品，使生命跌入无意义的深渊不能自拔。如果鲁迅的生命意志里没有这种天才的浑朴力量，他最多就是个二流作家。

"呔！住口！你这势利的狗！"人傲慢地训斥狗。我常常听见人（也就是"我"）的这个声音。

但很快，角色就翻转了。

"且慢！我们再谈谈……"狗在大声挽留人。

我常常听到狗挽留人的这个声音。

狗的驳诘

我梦见自己在隘巷中行走,衣履破碎,像乞食者。

一条狗在背后叫起来了。

我傲慢地回顾,叱咤说:

"呔!住口!你这势利的狗!"

"嘻嘻!"他笑了,还接着说,"不敢,愧不如人呢。"

"什么!?"我气愤了,觉得这是一个极端的侮辱。

"我惭愧:我终于还不知道分别铜和银;还不知道分别布和绸;还不知道分别官和民;还不知道分别主和奴;还不知道……"

我逃走了。

"且慢!我们再谈谈……"他在后面大声挽留。

我一径逃走,尽力地走,直到逃出梦境,躺在自己的床上。

一九二五年四月二十三日。

人的成功与鬼的不幸

《失掉的好地狱》是《野草》的第十四篇。写于1925年6月16日，初发于1925年6月22日《语丝》周刊第三十二期。

鲁迅写作此文，又以梦打开方便之门。这次，他的梦床移到了"荒寒的野外，地狱的旁边"，领略地狱的场景。在那个床边的地狱，鬼魂们叫唤的声音低微了，但仍然有秩序，那声音仍然与火焰的怒吼、油的沸腾、钢叉的震颤相和鸣，演奏着一台大乐。他床边的这个地狱，显然是人间地狱。他就睡在人间地狱，且知道自己正躺在床上。

那么，原本那个魔鬼们经营的地狱呢？有个伟大的男子，美丽、慈悲，遍身有大光辉的魔鬼，立于他面前，来告诉做梦的"我"说，他的地狱已经完结了，一切已经完结。因为他和他的魔鬼喽啰们，失掉了地狱的统治权，地狱被人类占了。

好不容易战胜天神，收得天国，收得人间，也收得地狱，遍身才发出大光辉来的大魔鬼统治的地狱，怎么就被人类占了呢？

遍身发出大光辉的大魔鬼是这样对"我"说的：人类运大谋

略,布大网罗,把魔鬼逼出了地狱,在地狱门上竖起了旌旗,站稳了地狱之后,开始整顿废弛,添薪加火,磨砺刀山,给牛首阿旁们以最高的俸草,使地狱全体改观,一洗先前颓废的气象。

魔鬼对做梦的人说:"这是人类的成功,是鬼魂的不幸……"

看来,似乎人类已经建功立业。可是,魔鬼又对做梦的人说:"曼陀罗花立即焦枯了。油一样沸;刀一样铦;火一样热;鬼众一样呻吟,一样宛转,至于都不暇记起失掉的好地狱。"说完,他似乎不愿再跟这个做梦的人啰唆,而是去寻找野兽和恶鬼去了。

作了此文后六年,即1931年2月,鲁迅得知柔石等二十三人遇害后,写下了著名的《无题·惯于长夜过春时》一诗:"惯于长夜过春时,挈妇将雏鬓有丝。梦里依稀慈母泪,城头变幻大王旗。忍看朋辈成新鬼,怒向刀丛觅小诗。吟罢低眉无写处,月光如水照缁衣。"此诗"城头变幻大王旗"等句,可喻此文之地狱变人间的鲁迅式观看。

显然,鲁迅这篇《失掉的好地狱》,有着明确的主题,写的自然是魔鬼地狱与人间地狱的反转和同构,对"地狱"的传统隐喻,有着与现实结合的展开和引申。用笔非常锋利,批判性之强,愤恨之猛烈,可以说是将这世道的天给翻了。

但他并没有大喊大叫,而仍然保持着冷峻如寒冬、黑白如斧

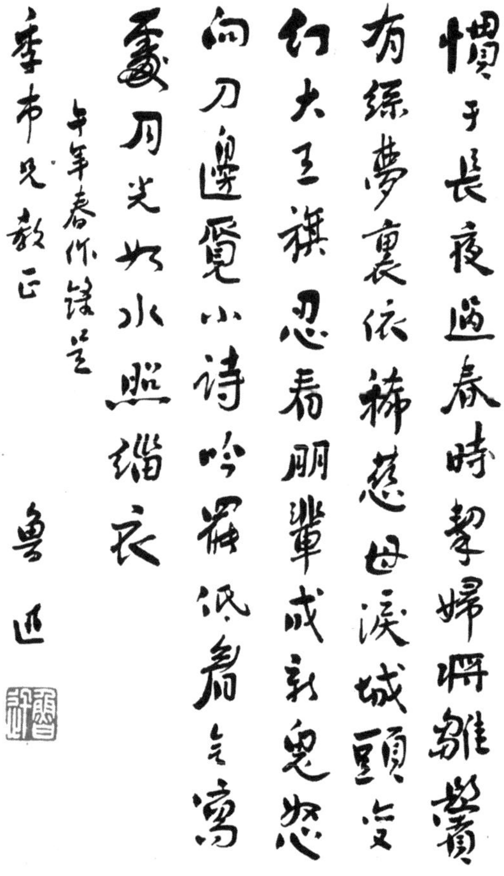

惯于长夜过春时，挈妇将雏鬓有丝。梦里依稀慈母泪，城头变幻大王旗。忍看朋辈成新鬼，怒向刀丛觅小诗。吟罢低眉无写处，月光如水照缁衣。

辛未年春作录应

季市兄教正 鲁迅

图8　鲁迅书《无题》诗赠许寿裳，1931年

斤的文风。这是一种无望、孤绝而不得不负重于世的具体人格。

鲁迅在《〈野草〉英文译本序》中说:"但这地狱也必须失掉。这是由几个有雄辩和辣手,而那时还未得志的英雄们的脸色和语气所告诉我的。我于是作《失掉的好地狱》。"

2005年人民文学版的《鲁迅全集·第二卷》对《失掉的好地狱》一篇注释中说:"写作本篇一个多月前,作者在《杂语》(《集外集》)中概括辛亥革命后军阀混战给民众带来的深重灾难时曾说:'称为神的和称为魔的战斗了,并非争夺天国,而在要得地狱的统治权。所以无论谁胜,地狱至今也还是照样的地狱。'"

自然,鲁迅是位思想家,看得清,看得透彻。正因为如此,他是痛苦的。不过,有思想,看得透彻,并非痛苦的根源。一个作为前政府官员的鲁迅,一个高收入的大学教授,一位有丰厚稿酬的作家,他为什么要痛苦?而这一点,是吃鲁迅饭的人士应该内省的。

鲁迅的痛苦超越了时代,因为他既不想做奴隶,也不想靠计算和算计获得奴隶的地位。他是一个永远处于绝望之境的人,他的孤绝使天地荒寒,而天地之大荒寒又笼罩着他,将他的生命吞噬殆尽。

失掉的好地狱

我梦见自己躺在床上,在荒寒的野外,地狱的旁边。一切鬼魂们的叫唤无不低微,然有秩序,与火焰的怒吼,油的沸腾,钢叉的震颤相和鸣,造成醉心的大乐,布告三界:地下太平。

有一伟大的男子站在我面前,美丽,慈悲,遍身有大光辉,然而我知道他是魔鬼。

"一切都已完结,一切都已完结!可怜的鬼魂们将那好的地狱失掉了!"他悲愤地说,于是坐下,讲给我一个他所知道的故事——

"天地作蜂蜜色的时候,就是魔鬼战胜天神,掌握了主宰一切的大威权的时候。他收得天国,收得人间,也收得地狱。他于是亲临地狱,坐在中央,遍身发大光辉,照见一切鬼众。

"地狱原已废弛得很久了:剑树消却光芒;沸油的边际早不腾涌;大火聚有时不过冒些青烟,远处还萌生曼陀罗花,花极细小,惨白可怜。——那是不足为奇的,因为地上曾经大被焚烧,自然失了他的肥沃。

"鬼魂们在冷油温火里醒来,从魔鬼的光辉中看见地狱小花,惨白可怜,被大蛊惑,倏忽间记起人世,默想至不知几多年,遂同时向着人间,发一声反狱的绝叫。

"人类便应声而起,仗义执言,与魔鬼战斗。战声遍满三界,远过雷霆。终于运大谋略,布大网罗,使魔鬼并且不得不从地狱出走。最后的胜利,是地狱门上也竖了人类的旌旗!

"当鬼魂们一齐欢呼时,人类的整饬地狱使者已临地狱,坐在中央,用了人类的威严,叱咤一切鬼众。

"当鬼魂们又发一声反狱的绝叫时,即已成为人类的叛徒,得到永劫沉沦的罚,迁入剑树林的中央。

"人类于是完全掌握了主宰地狱的大威权,那威棱且在魔鬼以上。人类于是整顿废弛,先给牛首阿旁以最高的俸草;而且,添薪加火,磨砺刀山,使地狱全体改观,一洗先前颓废的气象。

"曼陀罗花立即焦枯了。油一样沸;刀一样铦;火一样热;鬼众一样呻吟,一样宛转,至于都不暇记起失掉的好地狱。

"这是人类的成功,是鬼魂的不幸……。

"朋友,你在猜疑我了。是的,你是人!我且去寻野兽和恶鬼……。"

一九二五年六月十六日。

象征的语词组团

《墓碣文》是《野草》的第十五篇。写于1925年6月17日,初发于1925年6月22日《语丝》周刊第三十二期。

鲁迅继续虚构自己的梦,虚构梦境和出入梦境的方便之门。

在写这篇《墓碣文》的时候,鲁迅照样痛苦和孤绝。从梦境的冰冷、黑暗和恐惧即可看到他的灵魂世界那种沉重的气息和色调。

"鲁迅灵魂"的那种悲催的沉郁气息、幽冥色调形成的原因,首先是他个人的生命意志的内驱力;其次是生活世界和个人观察体验的综合刺激;最后是他的"三观"(世界观、人生观和价值观)的驱策。

鲁迅写《失掉的好地狱》和《墓碣文》时的心情是可以窥探的。心情是灵魂的生命活动。比如,在作此两文时的半月前,上海发生了五卅惨案。鲁迅虽身在平津,但仍然不能作为看客置身事外。他愤怒的灵魂活动运行之处,就好比河流中的一个巨大的旋涡,旋转着奔跑,吞噬泥沙,自身无法停下来。

蒙树宏先生在考证鲁迅1925年6月行事轨迹时写道:"2日,写信给许广平,指出在五卅运动中,明明是帝国主义'捕杀学生',但路透社电文却说什么'华人不省人事'(〈11〉83页)。鲁迅对惨案十分关心,在6月5日和15日,付沪案捐等三次,共17.5元。本月中旬,作《忽然想到》(十)(十一)等,针对帝国主义在'五卅'的虐杀,指出我们'鼓舞民气时,尤必须同时设法增长国民的实力';他还反对为学生'辩诬'的做法,说市民被杀以后,我们不要'皇皇然辩诬,张着含冤的眼睛,向世界搜求公道',而应该'抽刃而起',要帝国主义以血偿血。"[1]

当然,从灵魂的活动运行到文学创作,这其中又要跨越千门万坎。历史事实与历史书写都难以等同,更何况是文学创作;还有不同风格的文学创作、不同"主义"的流派之间,观看同一个事实的视角都有千差万别;还有那人心,那作为动物、作为野蛮人、作为文明人等不同的生物和文化品种之间的差别;还有语言的局限性、迟到的品性和随处表露的粗暴;等等。

虽然"文学是人学"这个命题是不错的,因为它的确不是"牛马牲口学",但文学是语言的艺术,而语言是人和世界之间

---

[1] 蒙树宏:《鲁迅年谱稿(修订本)及其他》,香港天马出版有限公司,2008年,第162页。

的第三者，是卡尔·波普尔命名的"世界3"的构建者。人创造的语言，既是灵魂通向灵魂之路，也是灵魂创造灵魂之路，而在语言之路的远方没有灵魂，也没有诗，尽管可以假设远方有灵魂和诗。

人的灵魂与人的语言是相互显现的，但绝不是对等的。

个人和世界在语言中相遇。灵魂呈现为语言，可使语言艺术得以创造。

在艺术中，人的灵魂是可以观看的。

我们先来看看，人的灵魂是什么样子的呢？

可以肯定，"人的灵魂"这个总体的范畴，是无法描述的。但人们可以感觉和感知人的灵魂的某种具体的存在，某种幻象，也就是梦幻泡影。

有时候，人会觉察到，它是某种意志——某种滚荡的生命力；有时候，它是某种具体的形式和色彩，某种声音和节奏；有时候，它是某种碎片的漂移迁流，是波光晚照、千山落木；有时候，是人间事态，离合悲欢，生死记忆……有时候，灵魂呈现的视象和碎片填满了一个个虚冲，有时候它就只是一个个空空荡荡的虚冲。

没有总体的灵魂那种东西，因此，也就没有从灵魂中生发出来的总体的文学和艺术。鲁迅没有，其他作家也没有。鲁迅也是边写,边梦,边迷失。

一位伟大诗人和作家,最迷人的,就是他的文字。因为,他把每一个公共的文字,变成了自己的文字。自己的文字,当显现在自己的可感可知的灵魂虚冲里,形成自己可感可知的、不二的灵魂虚冲视象,还是梦幻泡影,还是边写,边梦,边迷失。

大诗人、大作家的文字灵魂首先是个人的灵魂,然后这种于某时某刻、在文字中具体显现的灵魂,才可能向着某种公共灵魂溢出,呈现出一种公共灵魂被虚构而言说、被假设而表现的言说逻辑。但所有言说逻辑,也都是梦幻泡影,包括语言逻辑的暴虐与放荡,或美好诗-蕴的芝标与珍尝。

或者相反,大诗人、大作家将公共的文字从公共的语义系统中移出,将之磨砺、清洗、激活为个人的文字,将它赋予误读的、惊异的、重新被发现的某个灵魂的诗-蕴。

因此,大诗人、大作家的文字,作为灵魂自身被看见的文字般若、诗-蕴般若,既不在那种总体的、概念或观念的形而上层面,也不在作为材料或具体事态的形而下层面,而是悬浮在一个可能会"暂住",又时刻处于漂移迁流状态的"形而中"层面。

概念或观念是不能具体存在的,而诚如伊曼努尔·康德所言,"物自体"(物自身、自在之物)是不可知的。灵魂之被看见,即在一个"形而中"的虚冲之中,就好比人们看见的天空,实际是某种蓝色的、灰色的、有浮云和光影流动的虚幻穹窿。不过，这个虚幻之境一旦被观看，就是灵魂某时某刻的真实。

《墓碣文》这首散文诗的象征意味，是显而易见、不言自明的。

可以说，《墓碣文》是《野草》中象征味最浓的篇章之一。

它的象征味浓在哪里？就浓在其象征凝固成了一个浑然的整体性意蕴，好像一堵墙、一个铁幕，上面的光影与斑驳的体积依稀可见，但难以辨识。

换一种说法，就是鲁迅那种"黑暗-光明"式的、二元结构的"概念背反"的观念写作，似乎已凝聚成了一种一元式的整体象征性的写作。这种写作，我们可以套用格奥尔格·黑格尔"绝对精神"的那个说法，将其名之曰"绝对象征"。

"绝对象征"的写法，是去除具体隐喻的。因为需将具体隐喻去除，才能使文章的意蕴凝聚为整体性的"绝对象征"。用个比喻的说法，就是把一堆砖码成一堵墙，把钢筋角铁化成一块铁幕。

当然，所谓"绝对象征"也是可以解读的，只是不能随意解读，随意引申。

诗文之美，若是大美，是会让人失语的。天地有大美而不言，文章有大美亦不言。

图9　鲁迅摄于上海八仙桥青年会全国第二回木刻流动展览会，1936年逝世前

天地万物之生生不息与诗文光华之漂移迁流，若硬要言之，当然也是可以言的。

将《墓碣文》这堵整体象征的墙拆开来看，我们会发现一些象征的碎片。

"墓碣""孤坟"这两个词的象征意味最浓。你可以说，它们就是"墓碣"和"孤坟"。它们无须阐释或引申，都已经与死亡有关。它们先天自带语义，与死亡、与孤魂野鬼有关，是尸体、游魂的安放之所。如果将它们的象征语义扩大、引申，它们就是所有死者、尸体,所有孤魂野鬼安居之所的象征。再扩大,再引申,把它们作为生活世界、时代状况的象征,也都顺理成章的。也就是说,无论象征语义的扩大还是缩小,"墓碣""孤坟"作为象征的"元形象"都能担得住。毕竟,从修辞的角度看,它们的象征性是可以有弹性的。不过,像某些教书先生写的文章那样乱引申,自然是不可以的。

碑文的阳面和阴面"斑驳"的文辞,形成了一个"象征组团",犹如蜂群、鸟阵然。"浩歌狂热""中寒""深渊""无所有""无所希望""得救""游魂""长蛇""毒牙""啮人""自啮其身""殒颠""颓坏""胸腹俱破,中无心肝""抉心自食"等。因这些文辞没有明确的语义、意义和观念指向,所以它们不是隐喻、转义修辞,而是象征修辞。

其实呢,在《墓碣文》中,那些文辞,那"蜂群""鸟阵"飞去飞来,不管象征意味大小,都是围绕着一个核心词展开的。那就是墓碣之后孤坟那个"大阙口中"的"死尸"。

那"死尸""胸腹俱破,中无心肝",但就这样一具死尸,"脸上却绝不显哀乐之状"。其实,只有活着的人,老谋深算的人,才有那种脸色,那种喜怒不形于色,而且那"死尸"还能从坟中坐起,口唇不动地说话。死尸说什么呢?有明确的意指吗?没有。死尸说:"待我成尘时,你将见我的微笑!"这"微笑"当然也是个象征。鲁迅要让那死尸说话,但不能让它的话有明确的意指。

这就是象征文学的语义控制。语义没有控制,就不可能凝聚成象征。

是故,可以认为鲁迅创作的这具死尸,是一具"活死尸"。既是"活死尸"埋在有墓碣的孤坟里,就会产生人在他们的生活世界里如是这般的象征。

鲁迅写这《墓碣文》,虚构这碑文,制造这象征之重,或许写的就是他自己。"我"就是"死尸";"我"就是孤魂野鬼,以及所有"活死尸",所有孤绝之人。

墓碣文

我梦见自己正和墓碣对立，读着上面的刻辞。那墓碣似是沙石所制，剥落很多，又有苔藓丛生，仅存有限的文句——

……于浩歌狂热之际中寒；于天上看见深渊。于一切眼中看见无所有；于无所希望中得救。……

……有一游魂，化为长蛇，口有毒牙。不以啮人，自啮其身，终以殒颠。……

……离开！……

我绕到碣后，才见孤坟，上无草木，且已颓坏。即从大阙口中，窥见死尸，胸腹俱破，中无心肝。而脸上却绝不显哀乐之状，但蒙蒙如烟然。

我在疑惧中不及回身，然而已看见墓碣阴面的残存的文句——

……抉心自食，欲知本味。创痛酷烈，本味何能知？……

……痛定之后，徐徐食之。然其心已陈旧，本味又何由知？……

……答我。否则，离开！……

我就要离开。而死尸已在坟中坐起，口唇不动，然而说——

"待我成尘时，你将见我的微笑！"

我疾走，不敢反顾，生怕看见他的追随。

一九二五年六月十七日。

铅上的胭脂

《颓败线的颤动》是《野草》的第十六篇。写于1925年6月29日,初发于1925年7月13日《语丝》周刊第三十五期。

写这篇文字,鲁迅继续"以梦为马"。好像一个作家在某个时段,都自觉不自觉地会陷入某种行文定式,鲁迅写《野草》,陷入了做梦的定式。仿佛不做梦,他的诗-蕴就不能出奇地生成,不能打开方便之门;或者说,不做梦,好似不能布一个诗-蕴之局。

与其他篇章所不同的,是文中的同一个梦分成两个来做。以做梦作文的好处是,可以自由地截断叙述的时空。一篇短文,两个梦,像两个蒙太奇,相互链接和映照,也相互碰撞。说得直白一点,就是作者以两个梦境来讲述一个故事,观看一个妇女悲催的人生。

显然,这是一篇小说。当然,你也可以说他是跨文体写作。它有人物、故事和情节。人物、故事和情节,无疑是小说的三个要素。

不过，文体并不重要。好的文学都是诗，好的小说也是诗。这里讲的诗，是广义的，是那种使材料和语言生成"美-蕴"的形式，任何语言凝聚成形式的，都可能是诗。"美-蕴"是什么？它就是漂移着的艺术形式。

诗是什么？散文是什么？散文诗是什么？都不重要，对这种问题的回答都毫无意义。但可以勉强为之，以消遣无聊、无助之心。

诗是语言的梦游；诗是语言的推门见山；诗是语言的盲目摸索；诗是语言的离经叛道；等等。都只能是语言的判断，是类比或比喻的说法。诗是不能通过"判断"表达出来的，因此，诗不可能"是什么"。

一位好的写作者必须懂得这一点，鲁迅是懂的。

《颓败线的颤动》，一千多字的小文，两个梦境，就写出了一位妇女的人生，写出了人作为存在者的无望和无意义。

一位年轻的妇女，为了养活约略两岁的女儿，给女儿买烧饼吃，在自家的破屋里出卖身体，这是第一个梦境。

靠那位妇女卖身养大的女儿，有了丈夫，生了一群孩子，他们全家都怨恨和鄙夷老妇，老妇在深夜出走荒野，这是第二个梦境。

当两个梦境碰撞，什么道德、善良、仁爱、贞操、亲情、羞耻之类概念，全部抖落满地，破碎不堪。

这位妇女的人生，肯定是充满羞辱的，但文学创作不能讲道理，不能喊口号，不能用逻辑判断的方式归纳、演绎。

鲁迅写作，善用复调写法，创造一种相互比赋、铺陈、照应的均衡力量。

在第一个梦境中，她渺小的身躯，为饥饿、痛苦、惊异、羞辱、欢欣而颤动；在第二个梦境中，她颓败的身躯，同样为饥饿、痛苦、惊异、羞辱、欢欣而颤动。

两个梦境的"颤动"，都以她为中心驱动了整个天地颤动，让整个天地都回旋着"波涛"。

"颤动"和"波涛"都不是从写作者的视角引发的，而是从那个悲催的妇女的身体和视角引发。这是鲁迅的写作才华之所在。

两个梦境，妇女两次"抬起眼睛"，去看天空，天空都回旋起了波涛，这种复调均衡感的呼应，的确富有巨大的叙述力量，像巴赫的大提琴曲那种浑厚均衡的力量在文学中能够蕴成，实在不是一般作家所能及。因为弄不好，就会变成修辞机巧。

第一个梦境。她抬起眼睛，无以言，但看见破旧屋顶上的天空。"空中突然另起了一个很大的波涛，和先前的相撞击，回旋而成旋涡，将一切并我尽行淹没，口鼻都不能呼吸。"这里的描写看似很简单，实则很复杂。天空的旋涡和波涛是梦中人看见的，却把做梦的人也淹没。做梦的人并不在梦境中，而那波涛，是梦里梦外一起淹没了。现实与梦相互置换，融为一体，具有不动声色的批判性。

第二个梦境。她抬起眼睛，仍然无以言，且"沉默尽绝"，她和天空熔为一炉，"惟有颤动，辐射若太阳光，使空中的波涛立刻回旋，如遭飓风，汹涌奔腾于无边的荒野。"

当代数十万字的小说多如牛毛，其叙述的力量却抵不上这篇千字文。

"修辞立其诚。"非内容之诚，非讲道理之诚，而是诗之诚，艺术之诚。

《颓败线的颤动》让人想起了鲁迅喜欢的黑白木刻，珂勒惠支的那种富有表现主义旋转力量的木刻，那种艺术刻刀与社会批判的结合。

让人想起凡·高将自己旋转上天去的那种表现；旋转上天，又坠入深渊。

让人想起蒙克，那种忧郁与呐喊的表现。

《颓败线的颤动》是表现主义的，但又是超越表现主义的。各种艺术的"流派"和"主义"并不重要，大作家都通达古今，其艺术精神和表现力都穿越古今。

类比这些艺术家,人们也许会以为鲁迅是玩"现代性"书写的,其实,鲁迅此文的均衡感、表现性和厚重,超越了任何主义,也超越了时代。

把所有理论、概念、观念溶解在文辞中,甚至让人失语,才能称为好作品。

鲁迅的文笔之好,可引两段如下:

> 她在深夜中尽走,一直走到无边的荒野;四面都是荒野,头上只有高天,并无一个虫鸟飞过。她赤身露体地,石像似的站在荒野的中央,于一刹那间照见过往的一切:饥饿,苦痛,惊异,羞辱,欢欣,于是发抖;害苦,委屈,带累,于是痉挛;杀,于是平静。……又于一刹那间将一切并合:眷念与决绝,爱抚与复仇,养育与歼除,祝福与咒诅……。她于是举两手尽量向天,口唇间漏出人与兽的,非人间所有,所以无词的言语。
>
> 当她说出无词的言语时,她那伟大如石像,然而已经荒废的,颓败的身躯的全面都颤动了。这颤动点点如鱼鳞,每一鳞都起伏如沸水在烈火上;空中也即刻一同振颤,仿佛暴风雨中的荒海的波涛。

鲁迅被誉为大作家的理由，就在于他的好作品，都以语言取胜。

什么叫以语言取胜？就是不利用语言，不把语言当作所谓文学表现的工具。失败的文学，都是把语言当工具的。把语言当工具的文学，绑架了每一个词，每一个句子，绑架着各种概念或观念，各种理论和道理。

好的文学语言是自足自在的，它就是文学之所以为语言艺术的形式。自在的艺术语言的表现，既不在形而上层面，也不在形而下层面，而在语言漂移的"形而中"地带。自在的语言会将现实中的人和事引领到语言中来，同时，也会将某种普遍性的概念或观念溶解在语言中。

这就是说，《颓败线的颤动》不仅是对现实悲催的观看，也是善恶美丑观念的溶解。一言以蔽之，它是美的。它当然不是那位卖身养女的妇女之美，而是那位妇女清晰、准确地来到了语言中，她就是她自身的真实，她就是她自身的全部。

那位妇女甚至是年轻过的。"青白的两颊泛出轻红，如铅上涂了胭脂水。"这个比喻堪称绝妙，比赵树理《小二黑结婚》中，写三仙姑装老来俏的脸——"驴粪蛋上霜"的比喻，诗-蕴更厚重，更有力量。"铅上的胭脂"，让人骨寒；"驴粪蛋上霜"，让人莞尔。

《颓败线的颤动》有凡·高式的语言悬空之美。你不得不佩服鲁迅将整篇的美-蕴语言悬挂于空中,旋转于灵魂时空的推动力和控制力。

整篇文字的旋转,以及巴赫复调般的迎着文明礼器的撞击,是灵魂活着的证明,也是灵魂的观看与被观看。

颓败线的颤动

我梦见自己在做梦。自身不知所在,眼前却有一间在深夜中紧闭的小屋的内部,但也看见屋上瓦松的茂密的森林。

板桌上的灯罩是新拭的,照得屋子里分外明亮。在光明中,在破榻上,在初不相识的披毛的强悍的肉块底下,有瘦弱渺小的身躯,为饥饿,苦痛,惊异,羞辱,欢欣而颤动。弛缓,然而尚且丰腴的皮肤光润了;青白的两颊泛出轻红,如铅上涂了胭脂水。

灯火也因惊惧而缩小了,东方已经发白。

然而空中还弥漫地摇动着饥饿,苦痛,惊异,羞辱,欢欣的波涛……。

"妈!"约略两岁的女孩被门的开阖声惊醒,在草席围着的屋角的地上叫起来了。

"还早哩,再睡一会罢!"她惊惶地说。

"妈!我饿,肚子痛。我们今天能有什么吃的?"

"我们今天有吃的了。等一会有卖烧饼的来,妈就买给你。"她欣慰地更加紧捏着掌中的小银片,低微的声音悲凉地发抖,走近屋角去一看她的女儿,移开草席,抱起来放在破榻上。

"还早哩,再睡一会罢。"她说着,同时抬起眼睛,无可告诉地一看破旧的屋顶以上的天空。

空中突然另起了一个很大的波涛,和先前的相撞击,回旋而成旋涡,将一切并我尽行淹没,口鼻都不能呼吸。

我呻吟着醒来,窗外满是如银的月色,离天明还很辽远似的。

我自身不知所在,眼前却有一间在深夜中紧闭的小屋的内部,我自己知道是在续着残梦。可是梦的年代隔了许多年了。屋的内外已经这样整齐;里面是青年的夫妻,一群小孩子,都怨恨鄙夷地对着一个垂老的女人。

"我们没有脸见人,就只因为你,"男人气忿地说。"你还以为养大了她,其实正是害苦了她,倒不如小时候饿死的好!"

"使我委屈一世的就是你!"女的说。

"还要带累了我!"男的说。

"还要带累他们哩!"女的说,指着孩子们。

最小的一个正玩着一片干芦叶,这时便向空中一挥,仿佛一柄钢刀,大声说道:

"杀!"

那垂老的女人口角正在痉挛,登时一怔,接着便都平静,不多时候,她冷静地,骨立的石像似的站起来了。她开开板门,迈步在深夜中走出，遗弃了背后一切的冷骂和毒笑。

她在深夜中尽走，一直走到无边的荒野；四面都是荒野，头上只有高天，并无一个虫鸟飞过。她赤身露体地，石像似的站在荒野的中央，于一刹那间照见过往的一切：饥饿，苦痛，惊异，羞辱，欢欣，于是发抖；害苦，委屈，带累，于是痉挛；杀，于是平静。……又于一刹那间将一切并合：眷念与决绝，爱抚与复仇，养育与歼除，祝福与咒诅……。她于是举两手尽量向天，口唇间漏出人与兽的，非人间所有，所以无词的言语。

当她说出无词的言语时，她那伟大如石像，然而已经荒废的，颓败的身躯的全面都颤动了。这颤动点点如鱼鳞，每一鳞都起伏如沸水在烈火上；空中也即刻一同振颤，仿佛暴风雨中的荒海的波涛。

她于是抬起眼睛向着天空，并无词的言语也沉默尽绝，惟有颤动，辐射若太阳光，使空中的波涛立刻回旋，如遭飓风，汹涌奔腾于无边的荒野。

我梦魇了，自己却知道是因为将手搁在胸脯上了的缘故；我梦中还用尽平生之力，要将这十分沉重的手移开。

一九二五年六月二十九日。

非黑即白了无趣

《立论》是《野草》的第十七篇。写于1925年7月8日，初发于1925年7月13日《语丝》周刊第三十五期。

鲁迅还在做梦，以梦为文。他梦见自己在讲堂上作文，请教老师"立论的方法"。老师以一个"难"字，告诉他立论之不易，并讲了一件事。一户人家生了个男孩，满月时抱出来给客人看。三个客人，一个说，这孩子将来要发财的；另一个说，这孩子将来要做官的；第三个说，这孩子将来要死的。说孩子富贵的，主人感谢恭维；说孩子要死的，遭到众人痛打。

于是，"我"这个学生问老师："我愿意既不谎人，也不遭打。那么，老师，我得怎么说呢？"老师给学生出的主意是："那么，你得说：'啊呀！这孩子呵！您瞧！多么……。阿唷！哈哈！Hehe！he，hehehehe！'"

关于这篇《立论》，不得不引"百度百科"上的解读：

第一层解读："这首诗作者通过梦中老师所讲的一个故事和老师对于学生问题的回答，深刻地揭示了中国文化中的欺瞒胆怯、明哲保身、圆滑世故等劣根性，并挖掘出背后的根本原因是来自中国的思想教育；表达了作者对怯弱而又巧滑的中庸主义哲学的深恶痛绝。"

第二层解读："作者以一个'梦'的形式，用讽喻的笔法揭露和抨击了当时社会黑白不分、真假不辨的丑恶现象。"

第三层解读："以'取类型'的写作技法，来针砭社会的丑陋与痼疾，进而传递出作者内心深处的愤愤之情，'说谎的得好报，说必然的遭打'，这是何样的社会。"

第四层解读："这'哈哈主义'实际上就是一种'不敢直面''不敢正视'的怯懦的处世态度，是几千年的'老好人哲学'的体现，是封建社会统治之下形成的国民'劣根性'的一种表现。作为战士的鲁迅，自然要对这种毫无独立人格的市侩风气进行强烈的批判。"

这层层解读，是中小学教科书里那种模式化的解读，属于数十年来语文教育对课文解读的那种思维定式。这种解读逻辑，是普遍的、风行的。它是一种批评行话，也就是文艺批评的通用语言魔法格式，翻看书本，处处可见。它不仅用在对新文学作品的解读上，也用在对外国作品和中国古典作品的解读中。

动辄就"揭示"，就"挖掘"，就"揭露和抨击"，就"针砭"，搞得要动武似的，火药味很浓，把文中的角色划分成敌我，把社会现实分成光明和黑暗两个部分。先分敌我,分光明与黑暗,然后再挞伐之,这种分析当然是上了"保险套"的。尤其鲁迅的文章,不找到"挞伐点",似乎要誓不罢休的。

说得复杂一点,这是一种语言逻辑的怪胎,通过各种教学环节、考试与评分环节而固化,成了作文和欣赏作文的固化视角,也就是那种动不动就要点题的写作教条,动不动就要寻找点题引申处的评判,说白了,这种作文法和审美法,其实是一种审美的清洗,洗干净了,没有余温了,好了;说得简单一点,这是对假想敌的恶毒的咒骂。

这是一种西方现代性逻辑传染而来生出的怪胎,连鲁迅也被传染。伟大的中国古典文论里,是没有这种咒骂、仇恨、非黑即白的批评逻辑的。

汉语新文学,的确是受了西方现代性的影响的。就文学艺术而言,关于西方的所谓现代性,有两方面是其理论与实践的主脉:一是批判性——对传统的、古典的、现实的,一律以批判逻辑和鄙夷眼光审视,不批判就不现代、不先锋,引入近现代中国之后,甚至连孔子都不放过,都要打倒在地,庶几全面"数典忘祖",对老祖宗的一切庶几全面否定,这一点,胡适、鲁迅等都难辞其咎;二是表现方法,语言符号、修辞系统方面的革新,象征主义、荒诞派、存在主义、结构主义、解构主义、意识流等的风行。这两方面的西方现代性推动力,有时候裹挟在一起,被不同的国家或文化系统引入,或推动地区文明进步,或生出怪胎,改变文化品种;有时候各行其是,仅在社会进步或文艺理论与创作方面具体发挥影响。西方现代性的逻辑在不同领域的影响,需要具体甄别,悉心分析,明辨慎思,若发现将其引入而后摧毁传统,否定祖先,否定基于一种语言表现特质的文明,那是需要认真反省的。所谓反省,不是去反省一个对象,而首先要反省的,是自己这个人,这种思维方式、审美视角、价值观系统,是从哪里来的。

《立论》一文中,说满月的孩子将来要死的人,虽然描述了一个事实——人总是要死的,但这样的事实用在一个满月的孩子身上,把人生最大的事——生和死的"死"一端,挤压到"生"的一端,将生命过程中的丰富性、可能性(包括富贵)一笔勾销,这种冷漠的说话方式,本身是相当恶毒的,至少是不厚道的。比如你去看一位生病的老人,你说"这病好不好没关系的,你迟早是要死的嘛",你虽然也说出了一个事实,但也未免太恶毒。

《立论》一文,反而是老师的建议非常好,一个满月的孩子,谁知道他将来富贵与否,将来的命运如何,何不如什么也不说,逗逗孩子开心的好。如是,既避免讲假话,又让人欢喜。

这篇文章的写法，是个偷换概念的写法，本身暗藏写作机巧。同时，也表现出了鲁迅性格中刻薄的一面。

如何偷换概念？即用"死"终极的、必然的概念内涵，来判断、替换"生"偶然的、丰富的概念内涵。"死"是知识层面的，而"生"是审美层面的。"死"是结束的恒久；"生"是发端和绵延。"死"是悲；"生"是喜。

《立论》这篇文章，是以"判断"的逻辑方式来写作的。如果作为一篇表达某种观念的、为了"讲道理"而写的寓言故事看，是有点表现力的，但如果作为一篇好的文学作品来欣赏，就缺乏了"诗-蕴"的迷离"光晕"，那种"欲辨已忘言"的直观冥想。

再说一点。作为一篇寓言看，《立论》的写法，也是一种传统寓言的写法，且是一篇不太高明的寓言。

如果是现代寓言，那就不能这样写。比如弗兰茨·卡夫卡、马塞尔·埃梅、奥古斯托·蒙特罗索（Augusto Monterroso）、伊塔洛·卡尔维诺（Italo Calvino）的现代寓言，他们不为意义"判断"而写作。

现代寓言的写作方式是：天、地、人三才，万物之大美、小美，都不需要明确的意义生成和意义绑缚，不需要概念或观念这个"第三者"，因为它是感性直观形式的漂移，它是语言自由的、无须额外负重的显现。

  远远观之，鲁迅的创作，除了一些美文之外，还是一种观念创作。因为他的文章里充满了逻辑性的"判断"，而"判断"是指向真-假和知识的。文学创作不是知识创造，而是"美-蕴"的生成与漂移迁流。这是鲁迅的长处，也是他的极短处。尽管他是一个天才作家，可天才、地才和人才三才，常常互换位置的。

立　论

我梦见自己正在小学校的讲堂上预备作文，向老师请教立论的方法。

"难！"老师从眼镜圈外斜射出眼光来，看着我，说。"我告诉你一件事——

"一家人家生了一个男孩，合家高兴透顶了。满月的时候，抱出来给客人看，——大概自然是想得一点好兆头。

"一个说：'这孩子将来要发财的。'他于是得到一番感谢。

"一个说：'这孩子将来要做官的。'他于是收回几句恭维。

"一个说：'这孩子将来是要死的。'他于是得到一顿大家合力的痛打。

"说要死的必然，说富贵的许谎。但说谎的得好报，说必然的遭打。你……"

"我愿意既不谎人，也不遭打。那么，老师，我得怎么说呢？"

"那么，你得说：'啊呀！这孩子呵！您瞧！多么……。阿唷！哈哈！Hehe！he，hehehehe！'"

一九二五年七月八日。

死在路上

《死后》是《野草》的第十八篇。写于1925年7月12日,初发于1925年7月20日《语丝》周刊第三十六期。

此文开篇鲁迅写道:"我梦见自己死在道路上。"因写的是个梦,是虚构,在梦中死,不是真死,因之,这个躺在路上,面朝东方,能听见喜鹊老鸦在叫,能听见陌生人来收尸的尸体,是个感觉系统仍然非常敏锐、细腻、完好无缺,且有判断是非曲直能力的尸体。这是一种尸体感知,人鬼一体是也。

比如,这尸体能感觉到,自己死在荒郊野外的路上,然后被放进棺材里,还能看见棺材板的质地——粗糙的棺材板,"锯绒还是毛毵毵的";能感觉到一个蚂蚁(鲁迅原文为"马蚁")在它的脊梁上爬着,一个青蝇在舔它的鼻尖,一个粗布的褶皱梗着它的尸肉;能看见一个旧书铺的小伙计来了,给它推荐"明板《公羊传》";还能想到朋友和仇敌们与它的恩恩怨怨,也知道自己在哭,且是死后第一次的哭,但没有眼泪。

这又是鲁迅"以梦为文"的一个文字布局。创作无非使用语

图10　鲁迅摄于厦门南普陀，1927年

言,所谓梦,也是一堆语词和句子。至于别的东西,需要通过语言的方便之门渗透进来,这"渗透"是必然,而渗透了什么、多少,渗透是否有效,则是偶然的。因为要看语言摩擦、碰撞和对冲的力度,也要看它的柔韧性和相互溶解、照亮的能力。

人鬼之间,活尸与死尸之间,也只有语言可以沟通。

梦是一个概念,一个有边界的范畴。梦这个概念,一旦进入文字运行,尤其是被鲁迅这样的文坛巨擘创作,就会绑缚上"鲁迅"这个附加的隐喻,它当然就成了一个象征,而且通常是要贴着"鲁迅"去解读的一个象征。解读者们塑造出了另一个鲁迅,或许这个鲁迅,就连鲁迅本人都不认识。这当然也没有什么可大惊小怪的,或众口铄金,积毁销骨,或积非成是,积美成丑,如此等等,实有发生。

我们是读文学作品,还是读作家,抑或读我们自己?

或者只解读一面、两面,或者三面都解读,或者还会引申出莫名的概念、观念说道来,这种状况,都是时刻发生着的。

解读系统之复杂,业余感知或专业理论各系统,看一个作品都各有道行。甚至都觉得自己的"望闻问切"是最准的。多数时候,谁也说服不了谁的。甚至每个人都觉得自己是审美正确的一方,别人都是胡诌,都是乱弹琴的。

不过,还是有一些字词句的原初语义、原初诗-蕴(转义、象征、隐喻等）可以贴着原文解读。这或许是一种最接近诗-蕴生成原初"位点"的做法。

"我梦见自己死在道路上。"这个"我",本来是一个行文中的"我",或者哲学一点说,如笛卡尔的著名命题所言,是一个"我思故我在"的概念化的"我",但由于文章是鲁迅做的,不是笛卡尔做的,也不是胡适之做的,这个"我",通常的、自然的,就被解读为鲁迅自己。因此,去挖掘鲁迅灵魂这座"富矿",也就是必然的、公允的举动了。

挖掘鲁迅,去解读鲁迅。这个解读一般不会遭人强烈反对,反正真实的鲁迅不能再说话了。除非解读者胡乱引申——把自己灵魂中暗藏的所有愤恨（包括固化视觉的、变态审美的部分）,都让鲁迅和鲁迅的作品来承担。鲁迅累死了,再也担不起一个时代的那么多事情。

我们总是习惯性地把一个复杂时代的许多事情让作家、诗人们去担当,说他们应该怎样,不应该怎样,而自己从来不需要怎样的。

个别鉴赏者按套路来审美,来塑造鲁迅,是无关紧要的,但如果鉴赏者们集体按套路来审美,则需引起重视,需反省一下那些套路程序是如何安装进去的。绝不能出现对鲁迅作品的阐释,连鲁迅（如果天堂有知）都被吓着、不敢再当一回战士了的状况。

当然，关于《死后》，把"我"——梦中的死者解读为鲁迅，也没有什么不妥的。毕竟文章是署名鲁迅的。

但也要明白，这是一篇文学作品，不是鲁迅本人的灵魂报表中的一个内容，即便它真的可能是鲁迅痛苦的文学倾诉。更要明白，个人恩怨式的痛苦说道，并不是文学。

借鲁迅《死后》一文，本人想要在此讨论的是，如果这篇《死后》（包括其他做梦的或不做梦的篇什）署名胡适之，或者署名陈西滢、梁实秋、顾颉刚、徐志摩们呢？

有一点是肯定的，如果这篇《死后》署名胡适之、陈西滢、梁实秋、顾颉刚、徐志摩们，我们某些掌握了文学系统化理论和通用模板的解读专家，肯定对文中的"道路""喜鹊""老鸦""恐怖的利镞""马蚁""青蝇""棺材""棺材盖""棺材钉""《公羊传》""安乐""灭亡""哭""眼泪""火花一闪"等词句的意指另当别论的。论者们会对这些词句的象征性内涵、隐喻性指向来个大翻转，甚至连鲁迅都会中的，成为飞矢利镞的靶子。

也就是，改了署名的这篇文章中的象征、隐喻指向，不仅会针对着包括鲁迅在内的其他人而挞伐之，也同样会将"时代"这个大概念范畴一起绑架而明辨之。那"时代"，显然是同一个时代的，而"马蚁""青蝇""喜鹊""老鸦"，粗糙棺材里做梦的死人，则是改头换面了的。

可是，这么一说，问题又来了。要是把《死后》等篇什的作者署名为当代的某人，比如钱理群先生呢，或署名为一位外国某个时代的作家？那么这解读或许又会遇到麻烦，甚至会让套路学专家们失语的。

若以"时代"论艺术之长短，那会不会时代换了，艺术也就结束了借助时代论长短、讲道理的"使命"呢？或者说，时代一变迁，其诗-蕴之美也就烟消云散了也。

艺术是什么？是世界的自然表象，语言的自然表象，还是一种理性的、逻辑的、形而上学的、伪形而上学的套路引申？

尼采说过一句著名的话："世界本身就是艺术，仅此而已。"

尼采的整段话是这样说的：

"艺术进入内心世界多远？在远离'艺术家'的地方还有艺术力量吗？"如人们所知，这个问题就是我的出发点。我对第二个问题的回答是肯定的；对第一个问题的回答是"世界本身就是艺术，仅此而已"。那个求知识、求真理、求智慧的绝对意志，我觉得在如此表象的世界里，是对形而上学基本意志的亵渎，是反自然，是用智慧的矛公正合理地反对智者。智慧这种反自然属性明显地体现在敌视艺术上：想要去认识：表象在何处恰好就是解脱——这是颠倒啊！这是求虚无的本能啊！[1]

尼采反西方理性主义的观点，更像是老子"道法自然"、朝向自然转向而行的观点——他反对各种非经验的逻辑虚构，即那种超自然属性的过度"用智"，反对各种非艺术的观念，认为那是"敌视艺术"的所谓艺术观念。

让我们回归语言表达的"基本意志"吧。

随意举"道路""马蚁""青蝇"三个事物（也就是三个概念）而明之。

先说"道路"。

鲁迅在《死后》一开头就写道："我梦见自己死在道路上。"这一句话，是文章的第一段。

那条道路不知从哪里通向哪里，也不知死的地方叫什么名字。

反正"道路"是梦中的道路，在梦的布局里面，是不存在象征之蕴的，但是，如果这个梦被观察，被人写作或阅读，"道路"

---

[1]〔德〕尼采:《尼采遗稿选》，〔德〕君特·沃尔法特编，虞龙发译，上海译文出版社，2005年，第138页。

的引申义就会蠕动起来,变成了一个象征:人人都是要死在"人生道路"上的,而人生如梦。

这也许可以算作"梦"和"道路"这两个词可能会产生审美"误读"的"基本意志"。

鲁迅的文章,好就好在,即便换了署名者,某些段落的核心语词,仍然保持着隐喻、象征、类比的"基本意志",那种原初的基本表现动力。我们来看看,《死后》的第二段,死者不知所从来,也不知所从去,非常平淡,无须引申,无须隐喻,但极见功力:

> 这是那里,我怎么到这里来,怎么死的,这些事我全不明白。总之,待到我自己知道已经死掉的时候,就已经死在那里了。

又说"马蚁"。
鲁迅如是描写"马蚁"的出场:

> 大约是一个马蚁,在我的脊梁上爬着,痒痒的。我一点也不能动,已经没有除去他的能力了;倘在平时,只将身子一扭,就能使他退避。而且,大腿上又爬着一个哩!你们是做什么的?虫豸!?

"脊梁""虫豸",在汉语里的确有某种原初的隐喻和象征意指,不过,鲁迅悉心将它们控制住,不让它们过度引申。这是鲁迅用词的能耐。

再说"青蝇"。

鲁迅如是描写青蝇的出场:

> 事情可更坏了:嗡的一声,就有一个青蝇停在我的颧骨上,走了几步,又一飞,开口便舐我的鼻尖。我懊恼地想:足下,我不是什么伟人,你无须到我身上来寻做论的材料……。但是不能说出来。他却从鼻尖跑下,又用冷舌头来舐我的嘴唇了,不知道可是表示亲爱。还有几个则聚在眉毛上,跨一步,我的毛根就一摇。实在使我烦厌得不堪,——不堪之至。

鲁迅不动声色的冷诙谐、冷幽默,是他的语言自在生发的天赋,无须有靶子,却比射向靶子更有力量。

人的"死后"是不可知的,所谓"死后"之事,即是死前之事。对"生前"之事那种细节化的精准描述,那种语言原初意志的诗-蕴推动力,就是文学的具体语言可以持久呼吸的生命征象。

死　后

我梦见自己死在道路上。

这是那里,我怎么到这里来,怎么死的,这些事我全不明白。总之,待到我自己知道已经死掉的时候,就已经死在那里了。

听到几声喜鹊叫,接着是一阵乌老鸦。空气很清爽,——虽然也带些土气息,——大约正当黎明时候罢。我想睁开眼睛来,他却丝毫也不动,简直不像是我的眼睛;于是想抬手,也一样。

恐怖的利镞忽然穿透我的心了。在我生存时,曾经玩笑地设想:假使一个人的死亡,只是运动神经的废灭,而知觉还在,那就比全死了更可怕。谁知道我的预想竟的中了,我自己就在证实这预想。

听到脚步声,走路的罢。一辆独轮车从我的头边推过,大约是重载的,轧轧地叫得人心烦,还有些牙齿齼。很觉得满眼绯红,一定是太阳上来了。那么,我的脸是朝东的。但那都没有什么关系。切切嚓嚓的人声,看热闹的。他们踹起黄土来,飞进我的鼻孔,使我想打喷嚏了,但终于没有打,仅有想打的心。

陆陆续续地又是脚步声,都到近旁就停下,还有更多的低语声:看的人多起来了。我忽然很想听听他们的议论。但同时想,我生存时说的什么批评不值一笑的话,大概是违心之论罢:才死,就露了破绽了。然而还是听;然而毕竟得不到结论,归纳起来不过是这样——

"死了?……"

"嗡。——这……"

"啧!……"

"啧。……唉!……"

我十分高兴,因为始终没有听到一个熟识的声音。否则,或者害得他们伤心;或则要使他们快意;或则要使他们加添些饭后闲谈的材料,多破费宝贵的工夫;这都会使我很抱歉。现在谁也看不见,就是谁也不受影响。好了,总算对得起人了!

但是,大约是一个马蚁,在我的脊梁上爬着,痒痒的。我一点也不能动,已经没有除去他的能力了;倘在平时,只将身子一扭,就能使他退避。而且,大腿上又爬着一个哩!你们是做什么的?虫豸!?

事情可更坏了:嗡的一声,就有一个青蝇停在我的颧骨上,走了几步,又一飞,开口便舐我的鼻尖。我懊恼地想:足下,我不是什么伟人,你无须到我身上来寻做论的材料……。但是不能说出来。他却从鼻尖跑下,又用冷舌头来舐我的嘴唇了,不知道可是表示亲爱。还有几个则聚在眉毛上,跨一步,我的毛根就一摇。实在使我烦厌得不堪,——不堪之至。

忽然,一阵风,一片东西从上面盖下来,他们就一同飞开了,临走时还说——

"惜哉!……"

我愤怒得几乎昏厥过去。

木材摔在地上的钝重的声音同着地面的震动,使我忽然清醒,前额上感着芦席的条纹。但那芦席就被掀去了,又立刻感到了日光的灼热。还听得有人说——

"怎么要死在这里?……"

这声音离我很近,他正弯着腰罢。但人应该死在那里呢?我先前以为人在地上虽没有任意生存的权利,却总有任意死掉的权利的。现在才知道并不然,也很难适合人们的公意。可惜我久没了纸笔;即有也不能写,而且即使写了也没有地方发表了。只好就这样地抛开。

有人来抬我,也不知道是谁。听到刀鞘声,还有巡警在这里罢,在我所不应该"死在这里"的这里。我被翻了几个转身,便觉得向上一举,又往下一沉;又听得盖了盖,钉着钉。但是,奇怪,只钉了两个。难道这里的棺材钉,是只钉两个的么?

我想:这回是六面碰壁,外加钉子。真是完全失败,呜呼哀哉了！……

"气闷！……"我又想。

然而我其实却比先前已经宁静得多，虽然知不清埋了没有。在手背上触到草席的条纹，觉得这尸衾倒也不恶。只不知道是谁给我化钱的，可惜！但是，可恶，收敛的小子们！我背后的小衫的一角皱起来了，他们并不给我拉平，现在抵得我很难受。你们以为死人无知，做事就这样地草率么？哈哈！

我的身体似乎比活的时候要重得多，所以压着衣皱便格外的不舒服。但我想，不久就可以习惯的；或者就要腐烂，不至于再有什么大麻烦。此刻还不如静静地静着想。

"您好？您死了么？"

是一个颇为耳熟的声音。睁眼看时，却是勃古斋旧书铺的跑外的小伙计。不见约有二十多年了，倒还是那一副老样子。我又看看六面的壁，委实太毛糙，简直毫没有加过一点修刮，锯绒还是毛毵毵的。

"那不碍事，那不要紧。"他说，一面打开暗蓝色布的包裹来。"这是明板《公羊传》，嘉靖黑口本，给您送来了。您留下他罢。这是……。"

"你！"我诧异地看定他的眼睛，说，"你莫非真正胡涂了？

你看我这模样,还要看什么明板?……"

"那可以看,那不碍事。"

我即刻闭上眼睛,因为对他很烦厌。停了一会,没有声息,他大约走了。但是似乎一个马蚁又在脖子上爬起来,终于爬到脸上,只绕着眼眶转圈子。

万不料人的思想,是死掉之后也还会变化的。忽而,有一种力将我的心的平安冲破;同时,许多梦也都做在眼前了。几个朋友祝我安乐,几个仇敌祝我灭亡。我却总是既不安乐,也不灭亡地不上不下地生活下来,都不能副任何一面的期望。现在又影一般死掉了,连仇敌也不使知道,不肯赠给他们一点惠而不费的欢欣。……

我觉得在快意中要哭出来。这大概是我死后第一次的哭。

然而终于也没有眼泪流下;只看见眼前仿佛有火花一闪,我于是坐了起来。

一九二五年七月十二日。

竹篮打水一场空

《这样的战士》是《野草》的第十九篇。写于1925年12月14日，初发于1925年12月21日《语丝》周刊第五十八期。

读这篇文字，首先要思考一个问题："这样的战士"，是不是鲁迅自诩？的确，多数鲁迅的解读者，都把他看作"战士"。"文艺"被称为"战线"，鲁迅自然是这个战线上的战士。固然，他是不能成为"将军"的。他没有军团，没有上线，"左联"也不是他的团队。他一个人战斗。从这个角度上讲，鲁迅确实就是《这样的战士》中那个"蛮人"。"蛮人"是不开化的人，是连毛瑟枪和盒子炮都没有的。所以，文章一开头，他就写道："他只有自己，但拿着蛮人所用的，脱手一掷的投枪。"这个"蛮人"好似蛮荒之地的一个猎户，是专门对付野兽的。

短短一篇不足千字的文章，五次，即五个段落，写了这句话："但他举起了投枪。"这是文学的复调，鲁迅善用的笔法。反复说出，语气不断加强，节奏总是循环往复。

鲁迅在《〈野草〉英文译本序》里说："《这样的战士》，是有

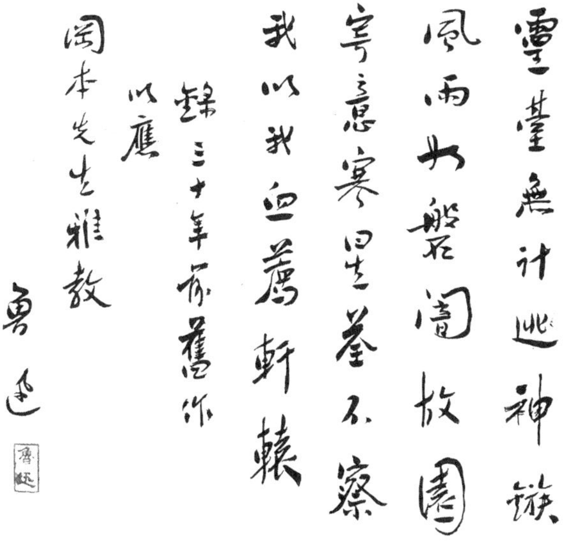

> 灵台无计逃神矢，
> 风雨如磐暗故园。
> 寄意寒星荃不察，
> 我以我血荐轩辕。
>
> 录三十年前旧作，以应
> 冈本先生雅教
> 鲁迅

图11　鲁迅书《自题小像》诗赠冈本繁，1932年

感于文人学士们帮助军阀而作。"若如他之所说，那么，"他走进无物之阵，所遇见的都对他一式点头"，这个"无物之阵"，就是那帮帮助军阀的文人学士，是一个集体，仿佛无处不在，犹如某个时代的那帮专家学者，连文人学士的称号都不配了的。

那文人学士是一帮什么样的人呢，鲁迅在文中说："那些头上有各种旗帜，绣出各样好名称：慈善家，学者，文士，长者，青年，雅人，君子……。头下有各样外套，绣出各式好花样：学问，道德，国粹，民意，逻辑，公义，东方文明……。"

鲁迅说："但他举起了投枪！"这投枪，似乎是比喻他手中的那支毛笔的。

投枪掷向哪里？当然是掷向他们的胸膛中央，他们的心窝。鲁迅说："他们都同声立了誓来讲说，他们的心都在胸膛的中央，和别的偏心的人类两样。他们都在胸前放着护心镜，就为自己也深信心在胸膛中央的事作证。"

"但他举起了投枪。"仿佛边行走边投掷。

就这么一个孤绝之人，自己将自己与文人雅士们区别开来，不入伙，不苟且，独行于天地之间。"他在无物之阵中大踏步走，再见一式的点头，各种的旗帜，各样的外套……。"

"但他举起了投枪。"不停地投掷。

直到他"老衰，寿终"，"终于不是战士"。于是，人们高呼"太平，太平……"

"但他举起了投枪。"仍然不停地投掷。文末仍然用这一句文字复调，使"这样的战士"，这个孤绝之人的精神，溢出了文章之外以达恒久之境。

这篇文章是鲁迅孤身与文人学士们决战的宣言书。所以说，将鲁迅看作那个"蛮人",是没有问题的。可以引起思索的地方是,一个"蛮人",没有入伙的孤人,要向"文明人"的心胸中央举起投枪。而且,还说是"这样的战士"。"战士"则是个现代军人的称号和形象。"蛮人"形象和"战士"形象一错位,那个拿着毛笔作为投枪的人,那个把文字作为子弹射出去的人,更孤绝了。

鲁迅的多数文章,之所以在后来的时代读来仍然让人肃然起敬,让人反思,是因为他的讽刺之术,一直在管用,不因时代变迁而失效。不仅是新旧文人学士的嘴脸,新旧国人的嘴脸,连研究他的、利用他的许多人的嘴脸,都一同讽刺了。又有谁能站出来说——"除了我"呢?专家学者们不要以为自己不在鲁迅讽刺之列,其实,即便鲁迅还活着,还握着他那支被比喻为投枪的毛笔,凭他的世故,那"蛮人"的投枪也未必会投出去的。

1927年4月6日,鲁迅写了一篇论文,题目是《略论中国人的脸》,提出两个"算式":

人+兽性=西洋人
人+家畜性=某一种人[1]

---

1 鲁迅:《鲁迅全集·第三卷》,人民文学出版社,2005年,第433页。

对人性、国民性的这种批判，真是穿透人皮，"一针见骨"。

鲁迅的讽刺和批判，固然是一个作家的讽刺与批判，他的投枪，自然也是文字投枪。他是一位书斋英雄，他的语言就是他的百万雄兵。

不管讽刺还是批判，作为"这样的战士"，他都需要建构总体化的黑-白、美-丑、真-假、合作-不合作……二元对立关系。他总是将这种二元对立关系演绎为某种象征语义，既然都升格为象征了，也就不指向个人了，也就安全了也。

可以说，一部分人读鲁迅，正是被这种抽象出来的象征语义所牵引。鲁迅的象征，是一块块吸铁石。

说鲁迅批判国民性，讽刺某一类人，可是，聪明的读者，往往是避开了鲁迅的投枪的，自己总是在"隔岸观火"，躲避在投枪射不中的位置——狐狸和兔子的座位上的。

这种人，也是那"某一种人"。鲁迅的"算式"：

人＋家畜性＝某一种人

我的算式：

计算＋算计＋鬼计＝某一种人

"这样的战士"不仅要"战"文人学士,也是要"战"所有"某一种人"的,都是坐稳或尚未坐稳奴隶地位的。

　　当然,也不要以为凡"战"就好。"战"固然勇敢,但也会误伤许多拒绝"战"和"斗"的文人学士的。毕竟别人有选择"不战"的权利的。你要"战"(革命),别人要"改良",可不可以?

　　也不能把文人学士们抽象成一个丑恶的"整体"而一战了之。很多可称为士的,都在为时代寻找破局和出路。是非曲直,没有百年是难以看清的。

　　在文学中,把复杂的个体思想、行为和态度抹去,把其抽象成一个无生命的"整体"来战之,就文学而言,鲁迅的这种"战法"事实上是一种逻辑判断。

　　逻辑判断,不是文学之法,缓和一点说,是战斗文(檄文)的写法,不能算文学的。

　　不得不说,鲁迅对国民劣根性(比如家畜性)的批判是深刻的,也是千年少有、百年独步的。但这种制造"概念抽象法"的写作,这种制造对立面的"战士情结",这种将文学艺术檄文化、逻辑判断式的写法,却是文学之病。

　　文学之堪称伟大者,必是纯文学,纯语言艺术。这是文学史的常识,无须多说的。但纯艺术对于研究者而言,很难言说,可能本来就无须言说，因此无聊学者最喜欢的是有逻辑判断的文学，那种潜心利用语言做局，去搞模仿、搞内容的文学。

尽管有很多悲催的历史事件、日记、书信、回忆录、年谱、传记和论著可以参详，可以据以颂扬，但人是复杂的，鲁迅也是个复杂的人，愤怒，勇敢，偏执，世故，充满爱，又能掌握战与斗的火候，保持安全的距离感。

"战士"的战法，也是有多种多样的，也非不讲机巧地勇往直前去饮弹，如苏格拉底之伟大者，宁可饮鸩赴死，如谭嗣同之伟大者，直接横刀向天笑。而鲁迅不是这样的人。鲁迅是个荒原上的独立战士。他的《野草》诸文，也是写得很曲折晦涩的。别人庶几抓不到把柄。

我们很难探究鲁迅写《野草》时的大心境和写《这样的战士》时的小心境。所谓心境，也就是那时，他的灵魂结构中的爱恨情仇的具体所指，但我们可以通过他前后较近一段时间的文字，约略解读。

曹聚仁先生在《鲁迅评传》里说："鲁迅的思想，以及文章风格，受尼采的影响那么深切，这也是我所说过的。也许各人对于鲁迅的作品，各有所好，我的选择，却要举出《野草》和《朝花夕拾》来。前者便是刊在《语丝》上的散文（近于诗的散文），后者则在《莽原》上连载的；而他的《野草》，可说是最近于尼采的，也正是和《苏鲁支语录》相比并的哲理杂感文。"[1] 鲁迅在思想和文体上受尼采的影响是公论。

不过，鲁迅不是苏鲁支（查拉图斯特拉）那个尼采创造的、自诩的神人，鲁迅倒像是苏鲁支的小书童。上天入地一个人走着，跟着一个虚构的语言形象。因为他是神人的书童，不是神人，所以，他只能是个战士。他就是"这样的战士"，尼采的书童，苏鲁支的书童，可已经不是一般的书童了。尼采独自一人对西方理性主义的火拼，使二十世纪西方几乎所有的思想家，每个人都一脸灰烬。

但是，尼采毕竟是西方人，是靠西方逻辑思考和判断事情的怪人，因此，鲁迅的文章，自然也学到了以逻辑判断推演诗-蕴、形式和内容的本事。而靠判断力推演诗-蕴的做法，在汉语文学传统中是没有的。

另外，日本极富批判精神的文艺理论家厨川白村对鲁迅的影响是有据可查的。

鲁迅1924年9、10月间翻译了厨川白村的《苦闷的象征》之后，接着又翻译了厨川的论文集《出了象牙之塔》，此中文版于

---

[1] 曹聚仁：《鲁迅评传》，生活·读书·新知三联书店，2011年，第74页。尼采名著《苏鲁支语录》，今译《查拉图斯特拉如是说》。

1925年12月由北京未名社出版单行本,为《未名丛刊》之一,在《后记》中,鲁迅写道:

> 造化所赋与于人类的不调和实在还太多。这不独在肉体上而已,人能有高远美妙的理想,而人间世不能有副其万一的现实,和经历相伴,那冲突便日见其了然,所以在勇于思索的人们,五十年的中寿就恨过久,于是有急转,有苦闷,有彷徨;然而也许不过是走向十字街头,以自送他的余年归尽。自然,人们中尽不乏面团团地活到八十九十,而且心地太平,并无苦恼的,但这是专为来受中国内务部的褒扬而生的人物,必须又作别论。
>
> 假使著者不为地震所害,则在塔外的几多道路中,总当选定其一,直前勇往的罢,可惜现在是无从揣测了。但从这本书,尤其是最紧要的前三篇看来,却确已现了战士身而出世,于本国的微温,中道,妥协,虚假,小气,自大,保守等世态,一一加以辛辣的攻击和无所假借的批评。就是从我们外国人的眼睛看,也往往觉得有"快刀断乱麻"似的爽利,至于禁不住称快。[1]

---

[1] 鲁迅:《鲁迅全集·第十卷》,人民文学出版社,2005年,第267—268页。

图12 鲁迅在日本弘文学院的毕业照，1904年

图13 鲁迅摄于东京，1911年

曹聚仁在《鲁迅年谱》中抽引此段文字后说："这也正是说明了他自己的社会观。"[1]什么样的社会观？一种行动的社会观和批判的社会观："现了战士身而出世"；"一一加以辛辣的攻击和无所假借的批评"。

这个后记的写作时间是1925年12月3日。是作《这样的战士》

---

1 曹聚仁：《鲁迅年谱》，生活·读书·新知三联书店，2011年，第49页。

前11天写的。

在写《这样的战士》当天,鲁迅很忙碌。他的日记这般记录:"晴。上午得丛芜稿。往北大讲。访季野不值,留信而出。寄北大学生会稿。致曲广均信并还稿。往东亚公司买合本《三太郎日记》一本,二元二角。夜得徐旭生信并稿。矛尘来。"[1]

日记中"寄北大学生会稿"指的是《我观北大》,此文收入《华盖集》。

《我观北大》一文中至少有三句话很有名:

> 我觉得北大也并不坏。
> 北大是常为新的。
> 北大是常与黑暗势力抗战的,即使只有自己。[2]

《我观北大》中的这三句话,足以看出鲁迅作文的运笔逻辑,他好对一个事物做整体判断、逻辑判断,这种文章做法,是他行文的骨架,一种用文学语言奔着"讲道理"去的做法。"讲道理"就是做判断,比如"我觉得北大也并不坏"这个判断,似乎为

---

[1] 鲁迅:《鲁迅全集·第十五卷》,人民文学出版社,2005年,第595页。
[2] 鲁迅:《鲁迅全集·第三卷》,人民文学出版社,2005年,第167—168页。

"真"的，的确"不坏"的。

鲁迅作为一个独立战士，他不仅要对那整体的"某一种人"作战，也主张"痛打落水狗"。这里的"落水狗"具体指段祺瑞和章士钊们，但也指做了坏事而暂时失势的各种人。

1925年12月29日，鲁迅著文《论"费厄泼赖"应该缓行》。

"费厄泼赖"即英文的"fair play"，意思是公平公正地玩游戏（比如玩政治游戏）、光明正大地搞比赛、不要搞诡计的意思。

文章的缘起，是《语丝》同仁林语堂在1925年12月14日《语丝》第五十七期上发表的一篇文章，篇名叫《插论语丝的文体——稳健，骂人，及费厄泼赖》。林语堂在此文中说："此种'费厄泼赖'精神在中国最不易得，我们也只好努力鼓励，中国'泼赖'的精神就很少，更谈不上'费厄'，惟有时所谓不肯'下井投石'即带有此义。骂人的人却不可没有这一样条件，能骂人，也须能挨骂。且对于失败者不应再施攻击，因为我们所攻击的在于思想非在人，以今日之段祺瑞、章士钊为例，我们便不应再攻击其个人。"[1]这篇文章是有所指的，鲁迅一眼就参出来了。

林语堂的观点，实际上是代表自由主义的一帮人的观点。而鲁迅这个独立战士呢，是主张"以眼还眼以牙还牙"的。如果说

---

[1] 鲁迅：《鲁迅全集·第一卷》，人民文学出版社，2005年，第293—294页注释。

个概念,也就是主张"革命"。业师蒙树宏先生说:"这是革命者血的经验教训的总结,是彻底反自由主义的革命宣言书。"[1]

鲁迅在《论"费厄泼赖"应该缓行》中说:

"犯而不校"是恕道,"以眼还眼以牙还牙"是直道。中国最多的却是枉道:不打落水狗,反被狗咬了。但是,这其实是老实人自己讨苦吃。

……

假使此后光明和黑暗还不能作彻底的战斗,老实人误将纵恶当作宽容,一味姑息下去,则现在似的混沌状态,是可以无穷无尽的。[2]

作为独立战士,鲁迅主张"打落水狗",主张"以眼还眼以牙还牙"式的"革命",事实上也是一种痛苦的选择。

在《写在〈坟〉的后面》一文中,他自己描述自己说:"既没有主义要宣传,也不想发起一种什么运动。……倘是掘坑,那

---

1 蒙树宏:《鲁迅年谱稿(修订本)及其他》,香港天马出版有限公司,2008年,第169页。
2 鲁迅:《鲁迅全集·第一卷》,人民文学出版社,2005年,第289、292页。

图14　鲁迅、林语堂与泱泱社青年摄于厦门南普陀，1927年
　　　左起：杜煌、卓治、林语堂、鲁迅、谢玉生、崔真吾、王方仁

图15　中国民权保障同盟总会欢迎萧伯纳来华，摄于上海孙中山故居，1933年
　　　左起：史沫特莱、萧伯纳、宋庆龄、蔡元培、伊罗生、林语堂、鲁迅

就当然不过是埋掉自己。"[1]

鲁迅受林语堂之文刺激,主张"费尔泼赖缓行"(不是"不行",是"缓行"),倡导"打落水狗",应该主要与1925年8月,章士钊主持的教育部派员接收女子师大和解散女子师大事件有关。8月14日,鲁迅因参与"女子师范大学维持会",遂被解除了教育部的佥事职务。也就是说,教育部里的一个佥事,反对教育部长的决定,教育部长把这个下属解职了。

因被解职这件事,"这样的战士"这个形象,自然也就高大起来。

诚然,这当只是一个方面,我们也不能说鲁迅"打落水狗"是因私仇而要喊打的。

鲁迅毕竟是一位孤绝的战士的。他去世前三年作的《彷徨》一诗(1933年3月2日),或可视为对自己作为一个独立战士的描述:

寂寞新文苑,平安旧战场。
两间余一卒,荷戟独彷徨。

可怜的老英雄、老独立战士的痛苦和无望,或许还因那文学

---

[1] 鲁迅:《鲁迅全集·第一卷》,人民文学出版社,2005年,第298—299页。

的软弱无力。什么"新文学革命""革命时代的文学",看似热闹,其实多数时候还是一帮文学学士的自嗨、自况、自我抚摸,没有多少力量和效果的。笔杆子与枪杆子的关系,老鹰与小雀的关系,他是看得很清楚的。

1927年4月8日,鲁迅在黄埔军校做了一个著名的演讲,题目叫《革命时代的文学》,他演讲说:

> 我想:文学文学,是最不中用的,没有力量的人讲的;有实力的人并不开口,就杀人,被压迫的人讲几句话,写几个字,就要被杀;即使幸而不被杀,但天天呐喊,叫苦,鸣不平,而有实力的人仍然压迫,虐待,杀戮,没有方法对付他们,这文学于人们又有什么益处呢?
>
> 在自然界里也是这样,鹰的捕雀,不声不响的是鹰,吱吱叫喊的是雀;猫的捕鼠,不声不响的是猫,吱吱叫喊的是老鼠;结果,还是只会开口的被不开口的吃掉。[1]

正是这个月,鲁迅在广州编成了《野草》这本散文诗集。4月26日,写了《题辞》。在《题辞》中,他又说:"地火在地下运

---

1 鲁迅:《鲁迅全集·第三卷》,人民文学出版社,2005年,第436页。

行,奔突;熔岩一旦喷出,将烧尽一切野草,以及乔木,于是并且无可朽腐。"这句话,说明他对文学的力量还是相信的,相信且自信。他对《野草》的影响力有个很大的期许,有"战士"对"投枪"命中靶的之期待。

人的思想、价值观、社会观和人性的复杂,不能完全靠语言来确证,他人的语言和自身的语言,都只能参考一二,或许只是某时某刻,打开灵魂的某一扇方便之门,而灵魂是飘忽不定的。此门打开,彼门关闭;此时心打开,彼时心关闭。同一颗心,时时分裂出不同的心来,恐怕那分裂出来的心与心,都互不相识的。

鲁迅不仅对文学是否中用怀疑,对那个时期的各种"革命"命题,也有深刻的反省。在写于1927年9月24日,发表于12月17日《语丝》周刊第四卷第一期上的《小杂感》中,鲁迅反省道:

> 革命,反革命,不革命。
>
> 革命的被杀于反革命的。反革命的被杀于革命的。不革命的或当作革命的而被杀于反革命的,或当作反革命的而被杀于革命的,或并不当作什么而被杀于革命的或反革命的。
>
> 革命,革革命,革革革命,革革……。[1]

---

1 鲁迅:《鲁迅全集·第三卷》,人民文学出版社,2005年,第556页。

曹聚仁说:"这是一部中华民国革命史的总结论,哀哉,中国老百姓的劫运。"

鲁迅处于"革命与启蒙"夹缝中写作,或许他自己也认为,自己站在"野草"的荒原、"坟"的边上,茫茫无助亦无望,但还必须"呐喊""彷徨",必须"论'他妈的!'",如此"而已"罢。

我们今天来看那一段历史,可以欣赏鲁迅的文章,百年现代汉语文学的最高成就之一,但不能被他和时评家们牵着走的。只有脑子被洗的智障者才被人牵着走。比如章士钊这匹"落水狗",他反对新文学运动,反对新文化运动,可他的文化选择和见识,在当时也是颇具代表性的,岂能简单"痛打"了事。

章士钊是有英雄气的一个人物。举三件事以证之。

其一,1920年,毛泽东、蔡和森等青年欲赴法国勤工俭学,经杨昌济手书推荐,毛泽东、蔡和森去找章士钊请他在经济上给予帮助,章氏立刻就把从上海工商界募捐到的两万银元巨款交给毛泽东,以支持青年。

其二,1927年,奉系军阀在北京逮捕李大钊,章氏闻讯即四处奔走疏通关系,设法营救。

其三,1932年,陈独秀在上海被捕,章氏作为在上海注册的大律师,主动出庭为陈辩护,请求法庭无罪释放陈独秀,他的辩论状,刊于中外报端,文采法理,为一时法律界的锦绣之文。

鲁迅的文字,仿佛一个深刻、老辣、早熟的愤青之作。他的多数文章,确有愤青写作的锋利,"剑扫风烟",四顾微茫,但总归老到,曲径通幽,独步深滩。然而,远远地看过去,总有一种抱石头冲天的无奈。

通观"五四"文章,不管是陈独秀,抑或胡适,无论是时势还是个人爱恨、个人性格使然,都是箭在弦上,不可不发的。这种文章"革命与启蒙"的青年时代读着痛快,但百年后读来,不免有担着竹篮,在大海里舀水的感觉,竹篮还是竹篮,水还是水。有谚语云:"竹篮打水一场空。"

这样的战士

要有这样的一种战士——

已不是蒙昧如非洲土人而背着雪亮的毛瑟枪的;也并不疲惫如中国绿营兵而却佩着盒子炮。他毫无乞灵于牛皮和废铁的甲胄;他只有自己,但拿着蛮人所用的,脱手一掷的投枪。

他走进无物之阵,所遇见的都对他一式点头。他知道这点头就是敌人的武器,是杀人不见血的武器,许多战士都在此灭亡,正如炮弹一般,使猛士无所用其力。

那些头上有各种旗帜,绣出各样好名称:慈善家,学者,文士,长者,青年,雅人,君子……。头下有各样外套,绣出各式好花样:学问,道德,国粹,民意,逻辑,公义,东方文明……。

但他举起了投枪。

他们都同声立了誓来讲说,他们的心都在胸膛的中央,和别的偏心的人类两样。他们都在胸前放着护心镜,就为自己也深信心在胸膛中央的事作证。

但他举起了投枪。

他微笑,偏侧一掷,却正中了他们的心窝。

一切都颓然倒地;——然而只有一件外套,其中无物。无物之物已经脱走，得了胜利，因为他这时成了戕害慈善家等类的罪人。

但他举起了投枪。

他在无物之阵中大踏步走，再见一式的点头，各种的旗帜，各样的外套……。

但他举起了投枪。

他终于在无物之阵中老衰，寿终。他终于不是战士，但无物之物则是胜者。

在这样的境地里，谁也不闻战叫：太平。

太平……。

但他举起了投枪！

一九二五年十二月十四日。

"抚摸"有点受用

《聪明人和傻子和奴才》是《野草》的第二十篇。写于1925年12月26日,初发于1926年1月4日《语丝》周刊第六十期。

此文写一个奴才整天劳碌不止,帮主人干活,伺候主人过奢华生活,而自己吃的,不但猪狗不如,且还吃不饱;有时候,还会挨主人的皮鞭;住的呢,是一间破屋子,又潮湿,又阴冷,到处爬满臭虫,秽气熏天,四壁没有窗户……这奴才整天跟人抱怨。他跟一个聪明人抱怨,博得了聪明人的同情。聪明人总是跟他说:"我想,你总会好起来的……"他对聪明人的"抚摸"有点受用,但还是要跟人抱怨。他跟一个傻子抱怨,那傻子可不像聪明人这般"乡愿",他希望奴才跟主人说,叫主人给他的臭气熏天的破屋子开个窗,但奴才不敢。于是,傻子索性动手帮奴才砸泥墙,要给他打开一个窗洞。傻子不停地砸。奴才吓得大叫:"人来呀!强盗在毁咱们的屋子了!快来呀!迟一点可要打出窟窿来了!……"奴才还哭嚷着,在地上团团打起滚来。一群奴才赶来,把傻子赶走了。奴才得到了主人的夸奖,主人给他了一个大的"抚摸"——"你不错"这三个字。这件事引来了许多慰问的人,聪明人也来了。奴才的心情好起来了,正如聪明人跟他说的,他会好起来的,且经过此事,他的心情已经好起来了,不再抱怨。

这是一篇寓言故事。所谓寓言,即是一种通过故事去"讲道理"的文体。正如标题,这篇文章写了三个人,"聪明人""傻子"和"奴才",他们没有名字,就是"聪明人""傻子"和"奴才"而已,因此,他们是三类人。固然,鲁迅是批判"聪明人"和"奴才"而赞扬"傻子"的,或者说,"傻子"就是鲁迅的自况,或者说是动手砸烂破屋子的人们的象征。

这篇文章有三个概念:"聪明人""傻子"和"奴才"。有一个核心象征"破屋子"。

在这里,要说说所谓概念和象征的应用。

先来看概念。所谓概念,就是对现实中存在着的,或虚构出来的、想象出来的事物、事态进行范畴化、观念化抽象的语言单元。大的概念,如上帝、理性、理念、祖国、民族等;小的概念,如聪明人、傻子、奴才、巨人、疯子、战士、猪、狗等。

又说象征。所谓象征,是一个事物或事态符号的引申,它既可能是一个语言单元,也可能是一个视觉形象或隐喻形式,比如长江、长城、泰山、黄河、破屋子、铁屋子、旗帜等。

概念单元和象征符号，通常会在语言运动中相互转化。比如此文中的聪明人、傻子、奴才和破屋子，有时候，它们就是概念，就是对一种类型化的人或事物的命名与分类，而有时候，它们可以被塑型为符号化的象征形式，恰如文中的"破屋子"，它是间住着奴才的屋子，是傻子要将其砸烂的屋子。

这"破屋子"，就是鲁迅在作此文前三年，即1922年12月3日，在《呐喊·自序》中说的那间著名的"铁屋子"，只是在写一个具体的故事时，不能用"铁屋子"这个象征直接写，而用了"破屋子"这个具体的事物，象征符号必须退回到现实生活和事物中去，毕竟在现实生活中，"铁屋子"是不能住人的，当然也不能住猪狗。

鲁迅在《呐喊·自序》中说："假如一间铁屋子，是绝无窗户而万难破毁的，里面有许多熟睡的人们，不久都要闷死了，然而是从昏睡入死灭，并不感到就死的悲哀。现在你大嚷起来，惊起了较为清醒的几个人，使这不幸的少数者来受无可挽救的临终的苦楚，你倒以为对得起他们么？"[1]

此文中的"奴才"和"聪明人"，都属于"熟睡的人们"，只有"傻子"是"不幸的少数者"。鲁迅去世后，或许有人已经

---

[1] 鲁迅：《鲁迅全集·第一卷》，人民文学出版社，2005年，第441页。

观察到,"傻子"已经不傻,"不幸的少数者"也已经很幸运,鲁迅大可不必再担心"傻子"们会吃亏,"金心异"(林纾小说《荆生》中隐射钱玄同的人物)们也不必再悲哀,因为"傻子"这个品种已经进化成"聪明人",实现了品种的优化,已经无人再"来受无可挽救的临终的苦楚"。

钱理群先生对此文的导读说:

> 只有"傻子",不但说,而且行,他们是真正要摧毁奴隶制度,"创造第三样时代"的,这正是鲁迅不断呼唤的"立意在反抗,指归在动作"的"精神界战士"(《坟·摩罗诗力说》)。但在中国,他们却被视为"傻子",不但为主子所不容,也为奴才和聪明人所痛恨,是所谓的"社会公敌"——这里显然融入了鲁迅自身的痛苦体验。

在鲁迅的笔下,"奴才""聪明人""傻子"的是非、价值是清晰的;但要落实到每一个人的现实选择,就会陷入相当尴尬的困境。我私下里和朋友们讨论过当"奴才"、"聪明人"还是"傻子"的问题,许多人都沉默不语,个别人说出真心话:"奴才"过了做人的底线,自然不要当;"傻子"令人尊敬,但付出代价太大,又不敢当;只有做"聪明人"了,但也要掌握好分寸,尽量低调,明哲保身即可,即使当"帮闲",也不当"帮忙"和"帮凶"。但这也有问题:这"分寸"是自己掌握得了的吗?最终不过是鲁迅说的"也如醒,也如醉,若有知,若无知,也欲死,也欲生"的混混沌沌地过下去,这个世界也在"淡淡的血痕"中维持下去(《野草·淡淡的血痕中》)。我们能安心于此吗?于是,又有了问题:在"奴才""聪明人""傻子"三种选择之外,还有没有第四种选择呢?[1]

鲁迅作为语言天才,他的语言的概括性之强,往往一矢古今,穿透直立动物的心。用"聪明人""傻子"和"奴才"这三个人,三个概念,庶几概括了所有人;用"破屋子"(铁屋子),庶几概括了一个时代,甚至是《灯下漫笔》里概括的那"两个时代":

　　一,想做奴隶而不得的时代;
　　二,暂时做稳了奴隶的时代。[2]

语言的概括性能力有两种:

1　钱理群:《钱理群新编鲁迅作品选读》,当代世界出版社,2022年,第164页。
2　鲁迅:《鲁迅全集·第一卷》,人民文学出版社,2005年,第225页。

一种是哲学、数学的概念与符号的抽象能力,这种能力的语言运行方法,是归纳、演绎、证伪、归谬诸法,其显在的或隐含的基本句式是"S是P",即对事物或事情的是否真假、好坏美丑、黑白阴阳做判断,因之,这种语言的概括能力,是语言用以做逻辑判断的能力。通常的情况下,做判断,就是"讲道理"。

另一种是艺术的创作能力,当然是指有效的艺术创作能力,这种能力的语言运动方式,是稀释概念、观念,也就是疏离概念或观念的,更是反判断的,它是事物或事情的直观、无蔽的诗-蕴表达,它是某种诗-蕴生成形式,而非逻辑判断,它无须"讲道理",语言的诗-蕴自由和自足,就是它自身。一株"空谷幽兰",它的存在,它的幽香,需要讲道理吗?

前文已经论及,鲁迅之文,若论杂文,可喻投枪,自然是可以黑白分明地做判断的,论战不做判断,观点无法推动,而一做判断,即需要陷入"S是P""S非P"的判断之中。而做判断,当然是非艺术的。

艺术就是艺术。鲁迅研究者们,将需要在其他学科领域讨论的命题,都像倒垃圾一样,都倒到鲁迅这个"坑"里,鲁迅先生怎么受得住呢?

聪明人和傻子和奴才

奴才总不过是寻人诉苦。只要这样,也只能这样。有一日,他遇到一个聪明人。

"先生!"他悲哀地说,眼泪联成一线,就从眼角上直流下来。"你知道的。我所过的简直不是人的生活。吃的是一天未必有一餐,这一餐又不过是高粱皮,连猪狗都不要吃的,尚且只有一小碗……。"

"这实在令人同情。"聪明人也惨然说。

"可不是么!"他高兴了。"可是做工是昼夜无休息的:清早担水晚烧饭,上午跑街夜磨面,晴洗衣裳雨张伞,冬烧汽炉夏打扇。半夜要煨银耳,侍候主人耍钱;头钱从来没分,有时还挨皮鞭……。"

"唉唉……。"聪明人叹息着,眼圈有些发红,似乎要下泪。

"先生!我这样是敷衍不下去的。我总得另外想法子。可是什么法子呢?……"

"我想,你总会好起来……。"

"是么?但愿如此。可是我对先生诉了冤苦,又得你的同情和慰安,已经舒坦得不少了。可见天理没有灭绝……。"

但是,不几日,他又不平起来了,仍然寻人去诉苦。

"先生！"他流着眼泪说，"你知道的。我住的简直比猪窠还不如。主人并不将我当人；他对他的叭儿狗还要好到几万倍……。"

"混帐！"那人大叫起来，使他吃惊了。那人是一个傻子。

"先生，我住的只是一间破小屋，又湿，又阴，满是臭虫，睡下去就咬得真可以。秽气冲着鼻子，四面又没有一个窗……。"

"你不会要你的主人开一个窗的么？"

"这怎么行？……"

"那么，你带我去看去！"

傻子跟奴才到他屋外，动手就砸那泥墙。

"先生！你干什么？"他大惊地说。

"我给你打开一个窗洞来。"

"这不行！主人要骂的！"

"管他呢！"他仍然砸。

"人来呀！强盗在毁咱们的屋子了！快来呀！迟一点可要打出窟窿来了！……"他哭嚷着，在地上团团地打滚。

一群奴才都出来了，将傻子赶走。

听到了喊声，慢慢地最后出来的是主人。

"有强盗要来毁咱们的屋子，我首先叫喊起来，大家一同把他赶走了。"他恭敬而得胜地说。

"你不错。"主人这样夸奖他。

这一天就来了许多慰问的人,聪明人也在内。

"先生。这回因为我有功,主人夸奖了我了。你先前说我总会好起来,实在是有先见之明……"他大有希望似的高兴地说。

"可不是么……。"聪明人也代为高兴似的回答他。

一九二五年十二月二十六日。

病叶的幻影

《腊叶》是《野草》的第二十一篇。写于1925年12月26日,初发于1926年1月4日《语丝》周刊第六十期。

《〈野草〉英文译本序》:"《腊叶》,是为爱我者的想要保存我而作的。"

许广平在回忆文章中说:

> 持久而广大的战斗,鲁迅先生拿一枝笔横扫千军之后,也难免不筋疲力尽,甚至病起来了。过度的紧张,会使眠食俱废。这之间,医生的警告,是绝对不能抽烟,否则吃药也没有效验,周围的人们都惶恐了。在某一天的夏夜,得着他同乡人的见告,立刻,我们在他的客厅里,婉转陈说,请求他不要太自暴自弃,为了应付敌人,更不能轻易使自己生起病来,使敌人畅快,更使自己的工作无法继续。我们的话是多么粗疏,然而诚挚的心情,却能得到鲁迅先生的几许容纳。后来据他自己承认,在《野草》中的那篇《腊叶》,那

图16　海婴百日全家照，1930年

假设被摘下来夹在《雁门集》里的斑驳的枫叶，就是自况的。而我却一点也没有体会到，这是多么麻木的呢！[1]

鲁迅把自己比喻作一片"病叶"，即一片被虫蛀过的枫叶，此所谓的"自况"。他写道："一片独有一点蛀孔，镶着乌黑的花

---

[1] 见1941年10月《学习》（上海）第5卷第2期所载许广平《因校对〈三十年集〉而引起的话旧》一文。

图17　大病后的鲁迅摄于上海大陆新村寓所，1936年初

边，在红，黄和绿的斑驳中，明眸似的向人凝视。我自念：这是病叶呵！便将他摘了下来，夹在刚才买到的《雁门集》里。"

文中这片夹在元代诗人萨都剌的《雁门集》里的病叶，摘自上一年秋天的一个夜晚。鲁迅描写那个繁霜夜降、木叶凋零的夜晚，让自己绕着一棵枫树徘徊，发现了树上的这片有瑕疵的枫叶，并将之命名为病叶。借此，鲁迅以自己敏锐的文学天赋，引发了一个从枫叶到人（自我）的转喻，启动了这篇文章的语言能量的运行动力。语言能量运行的发动，即修辞能量的发动。这就是《腊叶》诗-蕴生成的命门：以病叶自比，又以拟人的修辞方式将病叶当作"明眸"，凝视自己，反观自己，形成一个从病叶到人，又从人到"明眸"（病叶）的转喻修辞的环形转动。此转喻一转，人和事物都吸附于这个旋转中心。这是一种驱动语言漂移迁流的写作技术。

人们自然会想到，这片有病的腊叶夹在一部诗词集里，就好比病歪歪的鲁迅本人发烫的头颅，每天夹在言辞的魔方里。在论战的文字岁月中，他悲愤难抑，伤痕累累。但他停不下来。在文章的最后，鲁迅写道："将坠的病叶的斑斓，似乎也只能在极短时中相对……当深秋时，想来也许有和这去年的模样相似的病叶的罢，但可惜我今年竟没有赏玩秋树的余闲。"

许广平说，病叶是"那假设被摘下来"的。这片象征人生迟暮的腊叶，或许真是鲁迅虚构的。当然，虚构或实写，并不重要的，重要的是文章的好坏。

所谓生命，是由它的底色和它的幻影，也就是由它的恍若隔世的本体和子虚乌有的喻体一起造就的。

腊　叶

　　灯下看《雁门集》，忽然翻出一片压干的枫叶来。

　　这使我记起去年的深秋。繁霜夜降，木叶多半凋零，庭前的一株小小的枫树也变成红色了。我曾绕树徘徊，细看叶片的颜色，当他青葱的时候是从没有这么注意的。他也并非全树通红，最多的是浅绛，有几片则在绯红地上，还带着几团浓绿。一片独有一点蛀孔，镶着乌黑的花边，在红、黄和绿的斑驳中，明眸似的向人凝视。我自念：这是病叶呵！便将他摘了下来，夹在刚才买到的《雁门集》里。大概是愿使这将坠的被蚀而斑斓的颜色，暂得保存，不即与群叶一同飘散罢。

　　但今夜他却黄蜡似的躺在我的眼前，那眸子也不复似去年一般灼灼。假使再过几年，旧时的颜色在我记忆中消去，怕连我也不知道他何以夹在书里面的原因了。将坠的病叶的斑斓，似乎也只能在极短时中相对，更何况是葱郁的呢。看看窗外，很能耐寒的树木也早经秃尽了；枫树更何消说得。当深秋时，想来也许有和这去年的模样相似的病叶的罢，但可惜我今年竟没有赏玩秋树的余闲。

　　　　　　　　　　　　　　一九二五年十二月二十六日。

苟活者言

《淡淡的血痕中》是《野草》的第二十二篇。写于1926年4月8日，初发于1926年4月19日《语丝》周刊第七十五期。

这篇文章有一个副标题："记念几个死者和生者和未生者"。鲁迅在《〈野草〉英文译本序》中说："段祺瑞政府枪击徒手民众后，作《淡淡的血痕中》。"

1926年3月18日，北京发生了段祺瑞执政府的总统府卫队枪杀请愿学生和平民的"三一八惨案"。这个惨案造成了47人死亡和150余人受伤。案发后，段祺瑞政府发出了两批通缉名单，鲁迅列在第二批通缉名单中。3月26日，鲁迅离开家，住到了北京西城锦什坊街96号莽原社里。29日又装作病人，由人送往山本医院躲避。是时，冯玉祥的国民军与奉系军阀张作霖、李景林交战，打得不可开交。4月15日，冯玉祥的国民军受挫退出京师，情势发展不妙，鲁迅移到德国医院躲避。

惨案发生当天，鲁迅是知道学生和民众有大型聚会与会后示威游行的，但他并没有参与游行请愿。蒙树宏先生考证说："18

日,一早,许广平送来所抄的《小说旧闻钞》,放下抄稿,转身要去参加请愿。鲁迅说:'请愿请愿,天天请愿,我还有些东西等着要抄呢。'这是鲁迅的挽留,因为他不主张请愿。下午即得到刘和珍等遇害之噩耗,鲁迅的心情十分悲痛,指出这是'民国以来最黑暗的一天',怒斥中外杀人者:'血债必须用同物偿还。拖欠得愈久,就要付更大的利息!'"[1]

有关"八一三惨案",鲁迅先后作文有:《无花的蔷薇之二》《"死地"》《可惨与可笑》《记念刘和珍君》《空谈》《淡淡的血痕中》《大衍发微》等。这些文章中,最有名当然是《记念刘和珍君》,其次就是《淡淡的血痕中》。

《淡淡的血痕中》一文可视为《记念刘和珍君》(写于4月1日)的后半部分。

《记念刘和珍君》是控诉人间的杀戮、歌颂猛士前行的:"可是我实在无话可说。我只觉得所住的并非人间。四十多个青年的血,洋溢在我的周围,使我艰于呼吸视听,哪里还能有什么言语?长歌当哭,是必须在痛定之后的。""真的猛士,敢于直面惨淡的人生,敢于正视淋漓的鲜血。""惨象,已使我目不忍视了;

---

[1] 蒙树宏:《鲁迅年谱稿(修订本)及其他》,香港天马出版有限公司,2008年,第175页。

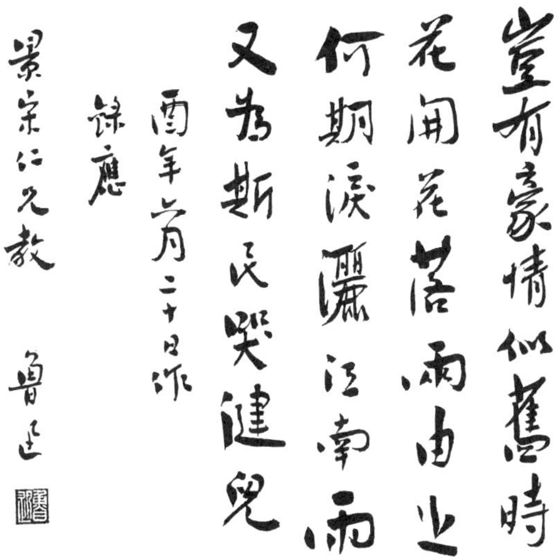

图18　鲁迅《悼杨铨》手稿，1933年

流言，尤使我耳不忍闻。我还有什么话可说呢？我懂得衰亡民族之所以默无声息的缘由了。沉默呵，沉默呵！不在沉默中爆发，就在沉默中灭亡。"苟活者在淡红的血色中，会依稀看见微茫的希望；真的猛士，将更奋然而前行。"

《淡淡的血痕中》则是悲绝已极的无奈"天问"。人间没有地方可以问了，就只有问天。鲁迅使用了"造物主"这个神的概念,说这个造物主目前还是一个怯弱者。这个怯弱的造物主不给猛士撑腰,只为他的"良民"那人类中的怯弱者设想,"用废墟荒坟来衬托华屋,用时光来冲淡苦痛和血痕……"

造物主和他的良民都是怯懦者,他们在怯弱方面是"同类"。

人类的怯弱者的生存境况是:"几片废墟和几个荒坟散在地上,映以淡淡的血痕,人们都在其间咀嚼着人我的渺茫的悲苦。"

鲁迅让怯弱的造物主在叛逆的猛士面前感到羞惭,他在文章最后写道:"造物主,怯弱者,羞惭了,于是伏藏。天地在猛士的眼中于是变色。"这是一个强有力的结尾,能够托起全篇的重量。

从对人间的控诉到天问的绝望,可以说是鲁迅生命意识的一个向度,一条越走越黑的精神之路。

自然,从文章引申出来的强大的象征性的观念看,《淡淡的血痕中》有一种敲击铁幕的力量。但从诗-蕴生成的清晰性看,其文仍然显得太隐晦,修辞表达不够具体和精准,甚至有些混乱,有些不知所云。

比如:"……日日斟出一杯微甘的苦酒,不太少,不太多,以能微醉为度,递给人间,使饮者可以哭,可以歌,也如醒,也如醉,若有知,若无知,也欲死,也欲生。他必须使一切也欲生;他还没有灭尽人类的勇气。"

又比如："……以作咀嚼着人我的渺茫的悲苦的辩解,而且惊息着静待新的悲苦的到来。新的,这就使他们恐惧,而又渴欲相遇。"

读者可以猜测到他讲的意思,因为鲁迅置身于"三一八惨案"的"淡淡的血痕中",但作为好的艺术作品,去表达某个"主题"的前提是,首先要有诗-蕴创造的具体性、清晰性和准确性,然后才是"主题"呈现的有效性。

鲁迅作文,有时候的确有"绕概念""绕思绪"的毛病。

或者说,从艺术语言直观性方面看,《淡淡的血痕中》不如《记念刘和珍君》写得好。

《淡淡的血痕中》用的是"曲笔",《记念刘和珍君》用的是"直笔"。用直笔写出丰满的诗-蕴是更难的。大才方可用直笔写出丰满的诗-蕴,诗人如李白,作家如韩愈是也。

鲁迅虽是中国现代文学中最杰出的作家,但其作品也不是篇篇都写得好的。由于本文的写作是对"三一八惨案"杀戮者的控诉,是对"天地不仁"之恨和对人世间的绝望,因此,指出文章写作中的不足,实在是于心不忍也。

淡淡的血痕中
——记念几个死者和生者和未生者

目前的造物主,还是一个怯弱者。

他暗暗地使天变地异,却不敢毁灭一个这地球;暗暗地使生物衰亡,却不敢长存一切尸体;暗暗地使人类流血,却不敢使血色永远鲜秾;暗暗地使人类受苦,却不敢使人类永远记得。

他专为他的同类——人类中的怯弱者——设想,用废墟荒坟来衬托华屋,用时光来冲淡苦痛和血痕;日日斟出一杯微甘的苦酒,不太少,不太多,以能微醉为度,递给人间,使饮者可以哭,可以歌,也如醒,也如醉,若有知,若无知,也欲死,也欲生。他必须使一切也欲生;他还没有灭尽人类的勇气。

几片废墟和几个荒坟散在地上,映以淡淡的血痕,人们都在其间咀嚼着人我的渺茫的悲苦。但是不肯吐弃,以为究竟胜于空虚,各各自称为"天之僇民",以作咀嚼着人我的渺茫的悲苦的辩解,而且悚息着静待新的悲苦的到来。新的,这就使他们恐惧,而又渴欲相遇。

这都是造物主的良民。他就需要这样。

叛逆的猛士出于人间;他屹立着,洞见一切已改和现有的废墟和荒坟,记得一切深广和久远的苦痛,正视一切重叠淤积的凝血，深知一切已死，方生，将生和未生。他看透了造化的把戏；他将要起来使人类苏生，或者使人类灭尽，这些造物主的良民们。

造物主，怯弱者，羞惭了，于是伏藏。天地在猛士的眼中于是变色。

一九二六年四月八日。

沉钟入海恨未了

《一觉》是《野草》的第二十三篇。写于1926年4月10日，初发于1926年4月19日《语丝》周刊第七十五期。

《一觉》写直系（冯玉祥）和奉系（张作霖、李景林）交战期间，鲁迅躲藏在莽原社编校青年人的文稿时的所思、所忆和所想。写作背景是"三一八惨案"，心中想着的是青年人。

鲁迅在《野草》的第七篇《希望》（写于1925年1月1日）中说："然而我的心很平安：没有爱憎，没有哀乐，也没有颜色和声音。"

又借用匈牙利诗人裴多菲·山陀尔的诗说："希望是娼妓。"

再借用裴多菲的话说："绝望之为虚妄，正与希望相同。"

他对自己和青年人的状况评论说："然而现在何以如此寂寞？难道连身外的青春也都逝去，世上的青年也多衰老了么？"

鲁迅一度对青年是绝望的。可在"三一八惨案"中，他看到了青年"猛士""敢于直面惨淡的人生，敢于正视淋漓的鲜血"，一些青年已经从"绰约""纯真""苦恼""呻吟"中觉醒，他们

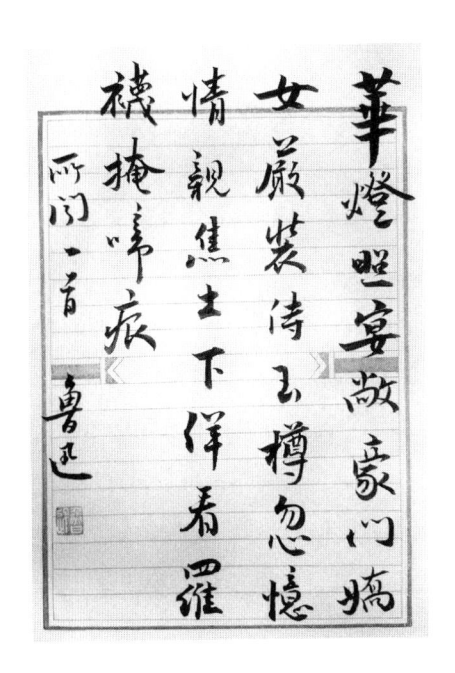

图19　鲁迅《所闻》一首，1932年

敢于"愤怒"，"而终于粗暴了"（《记念刘和珍君》："沉默呵，沉默呵！不在沉默中爆发，就在沉默中灭亡"）。

"粗暴"一词，是《一觉》的第一个核心词。或许这个词是用来隐晦地批驳开枪者使用的"暴徒"一词亦未可知。

《一觉》的第二个核心词，就是"一觉"，标题是"一觉"，文中是"惊觉"。"觉"自然是觉悟和觉醒的意思。

鲁迅用"粗暴"这个词，自然不会是号召"我的可爱的青年们"以"粗暴"的方式去面向枪林弹雨的，毕竟年轻人涉世不深，不谙世事的险恶，老同志不能把年轻人推到前锋线上去。

在《记念刘和珍君》的文末，鲁迅写过一个著名的句子："苟活者在淡红的血色中，会依稀看见微茫的希望；真的猛士，将更奋然而前行。"这当然是一种象征的说法，凭鲁迅人格之高尚、品性之善良，绝对不会希望青年们以生命去换比如"国""希望""猛士"这样宏大的概念和头衔的。命都没有了，维护这些奖状般的概念内涵何用？可是，这篇文章的确是把青年们的"粗暴"当作青年们的"觉"来写的。

《一觉》写道："魂灵被风沙打击得粗暴，因为这是人的魂灵，我爱这样的魂灵；我愿意在无形无色的鲜血淋漓的粗暴上接吻。""是的，青年的魂灵屹立在我眼前，他们已经粗暴了，或者将要粗暴了，然而我爱这些流血和隐痛的魂灵，因为他使我觉得是在人间，是在人间活着。"

鲁迅在《记念刘和珍君》中说："可是我实在无话可说。我只觉得所住的并非人间。"因为青年"粗暴"了，"使我觉得是在人间，是在人间活着"的了。

最后写道："在编校中夕阳居然西下，灯火给我接续的光。各样的青春在眼前一一驰去了，身外但有昏黄环绕。我疲劳着，捏着纸烟,在无名的思想中静静地合了眼睛,看见很长的梦。忽而惊觉,身外也还是环绕着昏黄……"

此文在修辞方法上充溢着隐喻、象征,萦绕着"粗暴"的戾气、"昏黄"的抑郁、绝望中的惊觉和绵延的爱恨。正如文中言:"那《沉钟》就在这风沙澒洞中,深深地在人海的底里寂寞地鸣动。"这里的"沉钟"既是鲁迅的灵魂形象,也是一个时代的集体灵魂形象。鲁迅借用"沉钟"作为象征,写的,也是青年和自己。

鲁迅是看不到希望的,有时候是勉强觉着自己看到希望了。我相信他写某些文字时,噙着泪。他情到深处,以致狭隘;他有大悲心,以致油尽灯枯。

当然,泪是泪,文学是文学,还是得要分清的。

《一觉》的气息抑郁沉重,昏黄绝望,看似十分老到,却因"粗暴""一觉"两个核心词的概念化、简单化主题指向,使文章沦为批判性的"愤青写作"彀中。文章的批判性不是不重要,问题是不能简单地以概念凝聚主题的方式进行,否则文字、语词、句法乃至文学性都将被概念化、简单化的主题所吞噬。

鲁迅文字的能量、气息之大,在中国现代文学中无人可匹,但其艺术语言能量的爆发,往往来自非此即彼的"背反概念"挤压、对垒的缝隙之间,且总是又爆出一些抽象的、逼仄的概念

图20　鲁迅摄于上海，1933年

来，环环相较，暗藏简单的逻辑程式，这种语言能量的工具性运行方式，我想他自己应该是清楚的。当然，鲁迅要表达宏大的主题、亘古的爱恨，要战斗，要解各种恩怨，就得要使用语言的逻辑系统、因果链条，箭在弦上，发出去必然是直的。

相较于胡适，适之的文学才华虽不及鲁迅，但其语言的清晰度比鲁迅要高，表达更简单明了，不绕。胡适的批判都很具体，问题、道理讲得非常透彻，能分清语言艺术与论战文体之间的异同，时间愈久远，胡适那种平淡无奇的讲学理、法理和道理的文字，愈如钟磬之音不敲自鸣。

文学是语言的艺术，语言是诗-蕴生发的出发点和归属，这个基本点，不能背离。无须怀疑，这点道理，鲁迅自然也是懂得的，可箭在弦上，不得不发。我也深解鲁迅作为战士和作家两个身份并立那种"荷戟独彷徨"的生命处境。

一　觉

飞机负了掷下炸弹的使命，像学校的上课似的，每日上午在北京城上飞行。每听得机件搏击空气的声音，我常觉到一种轻微的紧张，宛然目睹了"死"的袭来，但同时也深切地感着"生"的存在。

隐约听到一二爆发声以后，飞机嗡嗡地叫着，冉冉地飞去了。也许有人死伤了罢，然而天下却似乎更显得太平。窗外的白杨的嫩叶，在日光下发乌金光；榆叶梅也比昨日开得更烂漫。收拾了散乱满床的日报，拂去昨夜聚在书桌上的苍白的微尘，我的四方的小书斋，今日也依然是所谓"窗明几净"。

因为或一种原因，我开手编校那历来积压在我这里的青年作者的文稿了；我要全都给一个清理。我照作品的年月看下去，这些不肯涂脂抹粉的青年们的魂灵便依次屹立在我眼前。他们是绰约的，是纯真的，——阿，然而他们苦恼了，呻吟了，愤怒，而且终于粗暴了，我的可爱的青年们！

魂灵被风沙打击得粗暴，因为这是人的魂灵，我爱这样的魂灵；我愿意在无形无色的鲜血淋漓的粗暴上接吻。缥渺的名园中，奇花盛开着，红颜的静女正在超然无事地逍遥，鹤唳一声，白云郁然而起……。这自然使人神往的罢，然而我总记得我活在人间。

我忽然记起一件事：两三年前，我在北京大学的教员预备室里，看见进来了一个并不熟识的青年，默默地给我一包书，便出去了，打开看时，是一本《浅草》。就在这默默中，使我懂得了许多话。阿，这赠品是多么丰饶呵！可惜那《浅草》不再出版了，似乎只成了《沉钟》的前身。那《沉钟》就在这风沙澒洞中，深深地在人海的底里寂寞地鸣动。

野蓟经了几乎致命的摧折，还要开一朵小花，我记得托尔斯泰曾受了很大的感动，因此写出一篇小说来。但是，草木在旱干的沙漠中间，拚命伸长他的根，吸取深地中的水泉，来造成碧绿的林莽，自然是为了自己的"生"的，然而使疲劳枯渴的旅人，一见就怡然觉得遇到了暂时息肩之所，这是如何的可以感激，而且可以悲哀的事！？

《沉钟》的《无题》——代启事——说："有人说：我们的社会是一片沙漠。——如果当真是一片沙漠，这虽然荒漠一点也还静肃；虽然寂寞一点也还会使你感觉苍茫。何至于像这样的混沌，这样的阴沉，而且这样的离奇变幻！"

是的，青年的魂灵屹立在我眼前，他们已经粗暴了，或者将要粗暴了，然而我爱这些流血和隐痛的魂灵，因为他使我觉得是在人间，是在人间活着。

在编校中夕阳居然西下,灯火给我接续的光。各样的青春在眼前一一驰去了,身外但有昏黄环绕。我疲劳着,捏着纸烟,在无名的思想中静静地合了眼睛,看见很长的梦。忽而惊觉,身外也还是环绕着昏黄;烟篆在不动的空气中上升,如几片小小夏云,徐徐幻出难以指名的形象。

一九二六年四月十日。